BENOÎT SÉVERAC

LES SŒURS LAKOTAS

SYROS

1

– Denisa ?

Mon sang se glace. Personne ne m'appelle comme cela. Mon prénom lakota est Bearfoot. Ça veut dire « Patte-d'ours ».

En plus, je ne connais pas le numéro qui s'affiche.

– Oui ?

– Je suis Samantha Leaf, l'assistante sociale du gouvernement tribal.

J'imagine tout de suite le pire. Je retiens mon souffle, incapable de prononcer le moindre mot. La dame rompt le silence qui s'éternise :

– Est-ce que tes sœurs sont avec toi à la maison ?

– Pourquoi ?

– Écoute, j'ai quelque chose de désagréable à t'annoncer, mais rien de grave. Ta maman, votre maman, ne pourra pas rentrer ce soir.

– Qu'est-ce qu'il s'est passé ?

La femme à l'autre bout du fil a beau chercher à me rassurer, ma voix est montée dans les aigus.

– Son procès ne s'est pas déroulé comme elle l'espérait. Elle a été condamnée à un an d'emprisonnement ferme. Elle vient d'être transférée au pénitencier fédéral de Rapid City.

J'ai envie de crier, mais je ne dois pas affoler mes sœurs.

– Un an ? Pour conduite en état d'ivresse ?

– Elle est récidiviste, m'explique l'assistante sociale.

J'aimerais que ce soit une blague, mais mon corps a compris que c'était sérieux ; je me mets à trembler et mes jambes flageolent.

Pourtant, je ne suis pas au bout de mes émotions ; l'assistante sociale n'en a pas fini avec les mauvaises nouvelles :

– Tes sœurs et toi êtes mineures, vous ne pouvez pas rester seules. Je viendrai vous chercher demain matin pour vous emmener dans des familles d'accueil...

– Quoi ?

– Nous ferons en sorte de vous placer toutes les trois dans le Dakota du Sud.

En dehors de la réserve indienne de Pine Ridge, donc ! Mais il y a une autre information dans la phrase que l'assistante sociale vient de prononcer.

– Comment ça, *des* familles d'accueil ?

Mon interlocutrice s'éclaircit la gorge.

– C'est quasiment impossible de trouver une famille qui accepte trois enfants. Tes sœurs et toi devrez être séparées...

– Hors de question !

– Je suis désolée. Je ferai tout pour que Ray et Santee soient ensemble, mais tu devras aller ailleurs...

– Et mon oncle ? Il pourrait s'occuper de nous !

Nouveau moment d'hésitation de la part de l'assistante sociale. Je sais déjà ce qu'elle va dire :

– Étant donné sa situation, c'est une option qui n'a pas été retenue par le bureau du juge.

Mon oncle est un fumeur de crack notoire, sans emploi, qui fréquente la prison tribale autant que les bars. J'ai l'impression qu'une machine infernale s'est mise en marche. Mes sœurs n'ont que six et dix ans.

– Ils n'ont pas le droit de faire ça !

– C'est une ordonnance du juge, on est contraint de s'y conformer.

Si nous étions riches, nous aurions pu nous payer les services d'un avocat et la sentence aurait certainement été différente. De toute façon, si nous avions été riches, ma mère aurait payé l'amende et ne serait pas partie en prison. Même pas besoin d'avocat pour cela, il suffit d'avoir les moyens.

– Est-ce que ça va aller pour ce soir, ou veux-tu que quelqu'un des services sociaux passe ?

– ...

– Denisa ?

– Hein ? Non, c'est bon. Je peux garder mes sœurs.

– C'est ce que je me disais, pour un soir...

– Vous savez, je pourrais m'occuper d'elles pendant un an.

– Je suis désolée, Denisa. Je sais que tu es grande et responsable, mais ce n'est pas possible. C'est contre la loi.

La loi, qui, d'un côté, met notre mère en prison, et de l'autre, m'interdit de rester avec mes sœurs. Double peine ! C'est à nous de subir les conséquences de la décision d'un juge qui crée le problème en même temps qu'il nous impose la solution !

Une petite voix me souffle à l'oreille : « Votre mère est responsable de votre situation, pas le juge. »

Elle et sa fâcheuse habitude de conduire en ayant bu ! Combien de fois l'ai-je prévenue ? Combien de fois lui ai-je dit de ne pas se mettre au volant, ou au moins d'attendre un peu avant de reprendre la route ?

Elle n'est ni violente ni méchante ; elle est même très aimante. C'est une super maman, comparée à d'autres, totalement absentes. Mais elle est têtue. Un peu tête brûlée, je dirais, même. C'est sa réputation dans la tribu. C'est ce qui fait qu'on la respecte, ou qu'on la craint. « On me respecte *parce qu*'on me craint ! » aime-t-elle dire quand je lui reproche de s'emporter trop facilement.

Notre mère est fière d'avoir réussi à élever seule ses trois filles. Cependant, il lui arrive parfois de déraper. Quand elle a bu, par exemple, elle peut faire des scandales dans les magasins. En général, les commerçants de la réserve, qui la connaissent, ne portent pas plainte ; elle revient le lendemain pour s'excuser, le plus souvent avec nous pour montrer qu'elle a une famille à charge et pour qu'on la prenne en pitié, et ça s'arrange à l'amiable. Mais à plusieurs reprises, elle a été contrôlée par les hommes de la *Highway patrol*, en dehors des limites de la réserve... Des Blancs donc, pas aussi compréhensifs que les agents de la police tribale, qui, eux, sont oglalas lakotas, comme nous.

Ils l'ont déjà verbalisée pour conduite en état d'ivresse. Le problème, c'est que la semaine dernière, elle a remis ça et ils ont perdu patience. Cette fois, ils ont voulu l'arrêter pour de bon. Elle s'est débattue, sans frapper personne, juste débattue, mais aux États-Unis, ça s'appelle *résister à l'autorité* et ça suffit pour vous envoyer derrière les barreaux, même si vous n'êtes coupable de rien d'autre. Si vous avez le malheur d'appartenir à une minorité, c'est-à-dire si vous êtes un *Native American*[1] ou un Noir, ça peut vous coûter une ou deux côtes fêlées par la même occasion.

Depuis quelques jours, je visualise la scène de l'arrestation et ça ne m'aide pas, car je sais comment la justice fonctionne. C'est un système qui, une fois en marche, agit comme un rouleau compresseur et vous broie. Je sais aussi que ma mère n'a pas sa langue dans sa poche et qu'elle a certainement refusé de faire amende honorable devant le juge ; ce qui a dû jouer en sa défaveur.

---

1. Terme utilisé aujourd'hui pour désigner les premiers Américains et qui a remplacé celui d'*Indiens*, de moins en moins usité. En français, on utilise parfois le mot *Amérindiens*.

À l'autre bout du téléphone, l'assistante sociale a compris l'état dans lequel je suis ; elle cherche à me rassurer, me promettant que c'est provisoire, que mes sœurs et moi pourrons nous voir les week-ends ; elle répète que nous reviendrons chez nous et reverrons notre maman dès qu'elle sortira de prison, dans un an.

– Nous ne serons pas autorisées à la voir pendant sa détention ?

– Si, bien sûr. Ce n'est pas ce que je voulais dire. Cela demandera un peu d'organisation, cependant. Et puis, tu sais, les prisons ne sont pas des endroits très agréables... Cela peut être dur pour tes sœurs de rencontrer votre mère dans de telles circonstances.

– On peut lui parler au téléphone, au moins ?

– Dès qu'elle aura été écrouée. Il y a toute une procédure d'admission, cela peut prendre du temps. Vu l'heure qu'il est... vous pourrez probablement l'appeler demain.

Je hoche la tête.

– Merci, je dis, et je raccroche.

Je me tourne vers mes sœurs, Ray et Santee. Elles sont affalées dans le canapé, en train de regarder la télé. Elles ne se doutent de rien ; elles étaient trop absorbées par leur dessin animé pour faire attention à ce que nous nous disions au téléphone. Comment le leur annoncer ?

Je les contourne, passe devant l'écran – elles râlent une première fois –, puis je saisis la télécommande sur la table basse et coupe le son. Elles protestent carrément.

– J'ai quelque chose d'important à vous dire.

Ray continue à se plaindre, mais Santee, qui est plus âgée, a compris que j'avais une mauvaise nouvelle.

– C'est maman ?

Pendant les quelques jours qui nous séparaient du procès, ma mère m'a demandé de m'occuper de Santee et Ray. Elle serait libérée sous peu, prétendait-elle. C'est aussi ce que je pensais.

– Ça s'est mal passé, au procès, je dis.

Cette fois, même Ray m'écoute avec attention.

– Ils ont condamné maman à un an de prison ferme.

La mâchoire de Santee s'affaisse ; Ray lève vers moi des yeux effarés. Je n'ose pas leur répéter ce que m'a dit l'assistante sociale. Pourtant, il le faut.

– Le pire, c'est que nous allons être séparées et placées dans des familles, chez des gens, en attendant que maman rentre à la maison.

– Pendant un an ? s'écrie Santee.

Ray n'a pas encore la notion du temps, mais elle comprend très bien ce que le mot « séparées » implique. Elle comprend aussi que notre mère ne rentrera pas ce soir ni demain matin comme prévu. Elle se met immédiatement à pleurer.

– Qu'est-ce qu'on va devenir ? dit Santee qui se retient d'éclater en sanglots, elle aussi.

Je ne sais quoi répondre. Je suis incapable de penser.

– Je veux maman, gémit Ray.

Je la prends dans mes bras. J'enlace Santee également.

– Je suis là, je dis. Je suis là.

Vers qui me tourner ? Nous n'avons personne ; que notre mère ; parce que notre père est parti depuis longtemps. Il n'a donné aucune nouvelle depuis des années. Il est très facile de disparaître aux États-Unis ; c'est un pays immense et les autorités ne se soucient guère du sort d'un *Peau-Rouge*, comme certains nous appellent encore.

Je me fiche de savoir ce qu'il est devenu. Bon débarras, même. Il nous a trop fait souffrir. Il buvait, il se droguait, il trafiquait toutes sortes de produits qu'il transportait depuis le Canada et revendait dans la réserve, il nous frappait, il jurait, il criait. Ce type était un démon. Il s'est évaporé du jour au lendemain. J'ai cru comprendre que la police tribale le recherchait et qu'il n'avait pas intérêt à remettre les pieds à Pine Ridge, sans quoi il irait directement en prison.

Mes petites sœurs me regardent. C'est terrible de voir la confiance qu'elles placent en moi. Ou, plutôt, l'espoir qu'elles me demandent de susciter, car je ne suis pas certaine qu'elles me fassent entièrement confiance pour nous sortir de là. Leurs yeux me supplient de trouver une solution, de ne pas flancher, mais elles doivent bien sentir que je ne suis pas sûre de moi. D'ailleurs, elles n'ont pas tort, car je n'ai qu'une envie : disparaître. Fuir. Mais où ? Avec quel argent ? Pendant un an ? C'est impossible !

Je me force à sourire.

– On va trouver une solution, dis-je, pas très convaincue et donc pas très convaincante.

Nous demeurons un long moment silencieuses, agglutinées dans le canapé, pétrifiées par ce que nous venons d'apprendre.

Lentement, une idée germe dans mon esprit. Une idée complètement folle, à laquelle je ne crois pas vraiment moi-même. Parce qu'elle implique de détruire tout ce que je construis depuis des années.

Mon but dans la vie a toujours été de m'en sortir, de faire mieux que les cohortes de jeunes Oglalas Lakotas qui survivent à Pine Ridge.

En effet, toutes les réserves indiennes n'ont pas de pétrole comme celle des Osages en Oklahoma. La plupart sont de vastes territoires éloignés de tout, sans infrastructures, frappés par des pénuries régulières d'électricité, d'eau, où rien d'autre que le chômage et la pauvreté ne pousse.

Je suis prête à payer le prix, quel qu'il soit, pour échapper à cette misère et cette absence de perspective. C'est pour cela que je travaille dur au lycée, que je m'intéresse à tout et lis beaucoup. J'approfondis mes cours en permanence. Je télécharge des articles sur Internet, j'écoute des conférences en ligne, je note le moindre nom d'artiste ou de scientifique dont j'entends parler et je fais des recherches par la suite.

Ma mère m'y a toujours encouragée, et nous avons les mêmes exigences envers mes sœurs.

Mes professeurs nourrissent de grands espoirs pour moi. Ils prétendent que je pourrais bénéficier d'une bourse de mérite pour accéder à une faculté, peut-être même une université de l'Ivy League, parmi les plus prestigieuses des États-Unis.

La plupart des *Native Americans* qui, comme moi, sortent d'un lycée indien, se spécialisent en anthropologie ou en histoire amérindienne. Des trucs d'indigènes. Ils ne vont pas dans de vrais établissements pour les Blancs où l'on apprend un métier qui débouche sur un emploi en dehors de la réserve. Cela dit, faire des études supérieures, c'est toujours mieux que rien. Beaucoup de jeunes, à Pine Ridge, n'y parviennent pas.

Cela rend le projet qui est en train de germer dans ma tête d'autant plus insensé.

J'expose mes intentions à mes sœurs en essayant d'articuler le plus naturellement possible, comme si ce que je m'apprête à leur proposer n'était pas dingue.

– Demain matin, quand les services sociaux viendront sonner à notre porte, nous ne serons plus là.

Santee réagit aussitôt :

– On sera où ?

– Dès que la nuit sera tombée, nous partirons.

– Où ?

– En Californie.

Ray prend un air affolé ; elle ne connaît rien à la géographie des États-Unis, mais pour elle, *Californie* veut dire *très loin*... Ce qui n'est pas faux, le Dakota du Sud, où se trouve la réserve oglala lakota de Pine Ridge, étant en plein milieu des États-Unis, dans ce qu'on appelle le Midwest, à 2 000 kilomètres de Sacramento.

– On va se baigner dans l'océan Pacifique ? demande Santee, qui sait, elle, que la Californie se situe sur la côte ouest.

– Bien sûr !

Je leur fais ensuite miroiter toutes sortes de réjouissances : une vie de bohème jalonnée de rencontres, de longues vacances qui dureront toute une année, des journées entières de farniente pour elles pendant que je travaillerai dans les champs ou les vergers...

Ça a l'air de fonctionner, car Ray cesse de pleurer. Elle renifle un grand coup quand je commence à donner mes instructions.

– Vous allez faire vos sacs. On va y mettre vos vêtements, vos affaires de classe, les doudous, des jouets, et de quoi dessiner.

Elles me fixent, se demandant si c'est du lard ou du cochon.

– Allez, c'est parti !

J'ai dix ans de plus que Ray, et six de plus que Santee, je me suis toujours occupée d'elles, comme c'est la tradition chez les Oglalas Lakotas ; aussi, elles m'obéissent sans discuter. Je regarde avec émotion Ray sauter sur ses petites jambes et filer en direction de sa chambre, puis je la vois revenir.

– Mais, et l'école ? demande-t-elle.

– On préviendra vos maîtresses, elles seront d'accord.

– Et maman ? demande Santee.

– Elle sera d'accord aussi.

Je vois bien à leurs mines qu'elles hésitent. Elles sentent que quelque chose cloche mais elles n'osent pas me contredire.

– Et en Californie, on y va comment ?

– En voiture, bien sûr.

La vieille Dodge break que le bureau du shérif de la *Highway patrol* a fait ramener le lendemain de l'arrestation de notre mère.

Ray ne tique pas. En revanche, Santee fronce les sourcils. Elle est au courant que je conduis de temps en temps avec maman mais elle sait que je n'ai pas le permis.

Nous n'avons pas de temps à perdre en explications. Je les renvoie à leur mission, et je me mets à charger la voiture de nourriture, emportant tout ce que contiennent les placards de la cuisine – c'est-à-dire pas grand-chose. Je prends aussi des vêtements que je fourre dans de grands sacs-poubelle, des couvertures et des bouteilles d'eau, et je fouille tous les tiroirs de la commode de notre mère à la recherche d'argent. Je ne trouve que quarante dollars mal cachés au fond d'une boîte de corn-flakes.

Une fois la voiture pleine, Ray et Santee s'allongent tête-bêche sur la banquette arrière. Elles sont confortablement installées sous un drap, la tête posée sur leur oreiller, entourées de leurs animaux en peluche. Cette espèce de camping improvisé les amuse. Je suis contente de voir qu'elles retrouvent un peu le moral. Je ne laisse rien transparaître, mais je suis rongée par l'inquiétude. Je continue à me demander si je ne suis pas en train de faire une énorme bêtise. Mais un autre sentiment m'anime et me pousse à agir malgré tout : la colère. J'ai presque honte de me l'avouer, je sais que c'est mal parce qu'elle-même doit souffrir de la situation, mais je suis furieuse contre ma mère. C'est à cause d'elle, tout ça ! Pour l'instant, cette colère est si forte que je n'éprouve pas le besoin de lui téléphoner ou de lui parler. Je sais qu'une conversation avec elle émousserait ma motivation, alors autant penser à autre chose et écouter mon instinct : je dois protéger mes sœurs ! Je dois nous protéger.

La nuit tombe quand nous partons. Les voisins ne m'entendent pas claquer la porte derrière moi.

Je monte dans la voiture ; elle est vieille et en mauvais état, et je ne suis pas certaine qu'elle démarrera. Ses caprices me coûtent régulièrement d'arriver en retard au lycée. Cette fois, heureusement, je tourne la clef dans le contact et le moteur se lance du premier coup. J'atteins les pédales sans problème, mais je suis un peu bas dans le siège. Je dois me tenir bien droite pour voir au-delà du capot. Je m'engage sur la route goudronnée sans que personne ne nous remarque.

Il est tard, mes sœurs dorment déjà quand nous franchissons les limites de la réserve.

Il m'est arrivé plusieurs fois de sortir de Pine Ridge, pour aller à Rapid City notamment, ou à l'occasion de voyages scolaires, mais cette fois, les lettres blanches sur fond vert du panneau indicateur, en luisant dans les phares de la Dodge, semblent m'avertir : *Leaving Pine Ridge Indian Reservation*. Vous quittez le territoire qui est le vôtre... Attention, au-delà, vous n'êtes plus chez vous !

Bien qu'aucune barrière ni aucune clôture ne marque la frontière entre Pine Ridge et le reste du Dakota du Sud, j'ai l'impression que nous y sommes prisonnières. Ce n'est pas dit, ce n'est pas écrit ; nous avons le droit d'aller et venir à notre guise, de sortir de la réserve quand bon nous semble, tout comme n'importe qui, Blanc, Noir, Asiatique ou Latino, a le droit d'y entrer... Cependant, le fait est que nous n'en sortons jamais et que personne n'y vient jamais, à l'exception de quelques touristes européens amateurs de westerns et en mal de sensations *authentiques*. Ceux-là, en général, ne font pas de vieux os : il leur suffit de traverser le premier bourg de la réserve et ils font demi-tour illico, effarés de voir des décharges à ciel ouvert devant nos mobile-homes et des gamins fesses nues sur leurs vélos cassés avec des têtes de pouilleux. Ni Santee, ni Ray ni moi n'errons dans les rues, mais je suis consciente que tous les parents n'ont pas su conserver la dignité de leur famille. J'admire notre mère pour cela, et je suis très fière de ce que nous sommes, toutes les quatre.

Je donne un coup d'accélérateur ; j'ai envie de laisser tout cela derrière moi.

Malgré la fatigue, les trois cafés que j'ai avalés m'aident à rester vigilante, et le stress me tient éveillée.

À mesure que nous roulons, mon idée de départ, qui consistait à simplement quitter au plus vite la réserve, s'affine : j'ai entendu dire qu'en Californie, il y a du travail dans les champs d'amandiers et dans les vignes, et qu'ils embauchent des Mexicains clandestins sans vérifier leurs papiers d'identité. Je pourrai me faire passer pour une Mexicaine et dire que j'ai dix-huit ans. Personne ne me demandera mon passeport et je gagnerai assez d'argent pour nous trois en travaillant dur. Nous pourrons vivre dans un mobile-home. Évidemment, je ne pourrai pas inscrire mes sœurs à l'école puisque je n'en ai pas la garde légale, mais elles s'occuperont pendant la journée en faisant leurs devoirs.

Je leur jette un coup d'œil par-dessus mon épaule. Non, elles sont trop petites pour s'occuper toutes seules. Au fur et à mesure que j'échafaude mon plan, je me rends compte qu'il est bancal. Et mince, je réglerai ce problème plus tard ! On y arrivera, cela ne doit durer qu'un an. Ce qui compte pour l'instant, c'est de fiche le camp !

Vers 3 heures du matin, je commence à fatiguer. Mes yeux se ferment et à plusieurs reprises, je manque de m'endormir au volant.

Je me gare donc dès que je le peux en essayant de trouver un endroit protégé d'où on ne nous verra pas depuis la route.

J'incline mon siège et deux secondes plus tard, je dors profondément.

2

Je suis réveillée par le klaxon d'un énorme camion. Du haut de sa cabine, le chauffeur a dû apercevoir notre voiture cachée derrière la haie, et ça l'a amusé de nous faire sursauter.

– Crétin ! je siffle entre mes dents.

Tout de suite, je me retourne pour voir si mes sœurs ont été sorties de leur sommeil, elles aussi. Mais non, elles dorment toujours profondément. Ma nuit a été courte, je suis encore embuée de sommeil. Pourtant, il me faut réfléchir, et vite. Une voiture arrêtée en bord de route n'attire pas seulement l'attention des camionneurs, mais de la police.

Mes angoisses de la veille ne m'ont pas abandonnée ; il est encore très tôt, l'assistante sociale ne viendra sonner chez nous que dans quelques heures, il est toujours temps de faire demi-tour. Si je décide de reprendre la route en maintenant le cap en direction de l'océan Pacifique, cela deviendra définitif : nous serons officiellement des fugitives, ou tout au moins des fugueuses. Je peux, au contraire, accepter notre sort et choisir de rentrer.

La question que je me pose est de savoir si, en fuyant, je protège mes petites sœurs ou je les mets en danger.

Après tout, un an de séparation, ce n'est pas la mer à boire. L'assistante sociale m'a assuré qu'elle ferait en sorte que nous puissions nous voir les week-ends...

En même temps, je sens qu'il n'y a pas que cela qui se joue ; je n'embarque pas mes sœurs dans cette aventure uniquement pour échapper au placement dans des familles d'accueil. Quelque chose d'autre me force à partir, quelque chose de plus... grand... Que j'ai du mal à expliquer.

Je voudrais en parler à quelqu'un, à une meilleure amie, mais je n'ai pas de meilleure amie. J'ai bien des copines, au lycée, mais je ne compte pas de relation intime parmi elles. D'ailleurs, ces camarades de classe ne comprendraient pas ; elles n'ont jamais quitté la réserve, elles non plus, et ne se voient pas vivre ailleurs. Moi, en revanche... Je ne sais plus. Je sens que la réserve limite mes ambitions, mais aussi qu'en dehors d'elle, je ne serais plus rien, plus personne. Comment être une Américaine avec un nom tel que le mien et une couleur de peau telle que la mienne ? Mais comment être une Oglala Lakota sans mon peuple ?

Si seulement ma mère était là ! Je n'ai... Je *n'avais* qu'elle. Elle est ma confidente et l'adulte vers laquelle je me tourne lorsque j'ai besoin d'un conseil.

Un poids écrase ma poitrine. Je reconnais une crise de panique. J'inspire lentement et expire longuement. Je vide mes poumons à m'en faire mal aux côtes, comme on nous l'a appris en éducation physique et sportive. Puis, je me frotte énergiquement les yeux.

Google Maps sur mon smartphone indique que nous sommes à proximité de Sidney, dans le Nebraska. De toute ma vie, je n'ai jamais été aussi loin de chez moi. Je suis prise d'un nouveau vertige. Je réitère la manœuvre inspiration-expiration plusieurs fois, jusqu'à ce que la tête me tourne.

Je fais un rapide état des lieux : nous avons de la nourriture pour deux repas, maximum. Quant à l'essence, cette vieille guimbarde en consomme tellement que le réservoir est presque vide. En plus, ma mère n'avait pas fait le plein, évidemment ! Et tout ce que j'ai comme cash, c'est quarante dollars.

La batterie de mon téléphone portable ne sera pas éternelle non plus. L'allume-cigare ne fonctionnant plus depuis longtemps, il faut que je trouve un autre moyen de la recharger : une station-service peut-être...

Toujours selon Google Maps, nous sommes à 1900 kilomètres de Sacramento, la capitale de la Californie ; ce qui est impossible à parcourir avec un seul plein.

Je mets le contact pour allumer le tableau de bord. L'aiguille du niveau d'essence décolle tout juste du R de « réserve ». Je la fixe intensément pendant de longues secondes en espérant qu'elle continuera sa course vers la barre indiquant la moitié, ou au moins le quart du réservoir. Mais rien du tout. Elle demeure immobile.

– Bon, restons positive, me dis-je à voix haute pour me donner du courage. Chaque chose en son temps. Pour le moment, ce qui importe, c'est de partir d'ici et de faire manger Ray et Santee dès qu'elles émergeront.

J'ouvre le coffre et j'attrape des céréales. Le claquement du hayon les fait bondir. Santee me demande tout de suite où on est ; Ray réclame notre mère.

– On l'appellera tout à l'heure, d'accord ?

Ray hoche la tête et prend sur elle.

– J'ai faim, dit-elle.

Je lui souris.

– Ça vient ! je réponds en tournant la clef dans le contact.

Une fois que nous sommes de nouveau sur la route nationale, je tends le paquet de céréales à Ray.

– Partage avec ta sœur, d'accord ?

J'observe la réaction de Ray dans le rétroviseur. Ses beaux yeux en amande sourient alors qu'elle enfourne des poignées de Rice Crispies dans sa bouche. Elle tient le paquet sur ses genoux, et même si elle laisse Santee piocher dedans, elle surveille attentivement ses gestes, estimant la quantité prélevée chaque fois. Cela n'a pas l'air de déranger Santee, habituée, comme moi, au comportement égoïste de notre petite sœur. D'ailleurs, quand elle croise mon regard dans le rétroviseur, elle me fait un clin d'œil, l'air de dire « Bah, ce n'est pas grave. Elle n'a que six ans, après tout ».

Santee aussi a de beaux yeux en amande. Tout le monde le dit dans notre voisinage : nous sommes trois princesses lakotas, les trois plus belles filles de Pine Ridge ! Même si, évidemment, avec mon handicap, je ne suis pas aussi attirante que mes sœurs.

Notre mère est très fière de nous, mais elle s'inquiète également, parce que la beauté des filles attire des ennuis sur les réserves indiennes. « Il y a des prédateurs qui rôdent, et ils ne sont pas lakotas, je sais de quoi je parle », affirme-t-elle, sans que j'aie jamais vraiment su à quoi elle faisait allusion. Je sais ce qu'est un prédateur, et je ne suis plus assez naïve pour ignorer les mauvaises rencontres que l'on peut faire dans un monde dominé par la force physique masculine. Je sais aussi, parce qu'on en a parlé en classe avec nos professeurs, que le danger concerne toutes les filles dans le pays et sur tous les continents, mais que statistiquement, une *Native American* vivant dans une réserve aux États-Unis a trois fois plus de risques d'être violée qu'une Blanche, dix fois plus d'être agressée. Quand ma mère précise « je sais de quoi je parle », je me demande ce qu'elle a vécu, elle, personnellement. Elle ne s'est jamais confiée à moi ; c'est un sujet tabou chez les Oglalas Lakotas. Étrangement, la vulnérabilité des femmes est connue de tous mais la question n'est jamais abordée par le conseil tribal, et personne ne fait part de son expérience personnelle... En tout cas, pas publiquement. C'est comme si cela faisait partie de notre bagage culturel, de notre ADN. Les choses sont ainsi et il n'y a rien qu'on puisse dire ou faire pour améliorer la situation. Les Blancs viennent prélever leurs proies sur les réserves indiennes, puis retournent en territoire blanc. S'ils sont arrêtés par la police tribale à l'intérieur des limites territoriales de la réserve, ils ne risquent pas plus d'un an de prison ferme, quel que soit le crime perpétré, même s'il s'agit d'un meurtre, parce qu'un tribunal indien ne peut pas prononcer une sentence supérieure à douze mois à l'encontre d'un Caucasien, d'un Blanc.

Au-delà des limites de la réserve, la police tribale n'a pas juridiction. Elle doit se tourner vers la police fédérale pour que les poursuites aboutissent. Il faut donc que le FBI lui-même s'empare du dossier... Ce qu'il ne fait jamais, ou très rarement. Parce que tout le monde à Washington et dans le reste du pays, à majorité blanche, se moque de ce qu'il peut advenir des *Native Americans*. Cela s'appelle du racisme d'État, ni plus ni moins.

Ce mécanisme de la terreur systémique est très bien expliqué sur le Dark Web : « Comment commettre un viol aux USA et échapper à tout châtiment. »

C'est insupportable, mais c'est notre quotidien. Nous naissons et grandissons avec cette donnée implantée dans notre cerveau : les Blancs ont quasiment droit de vie ou de mort sur toi. Évite de croiser leur route ou de te mettre dans une situation périlleuse car c'est toi qui auras tort et le système judiciaire ne viendra pas à ton secours.

C'est la raison pour laquelle mes sœurs et moi ne sommes pas autorisées à sortir le soir après 18 heures, et c'est aussi la raison pour laquelle nous n'avons pas de contact avec les Blancs.

Je ne l'oublie pas alors que nous roulons vers la Californie, en plein territoire ennemi donc. Nous ne passons pas inaperçues avec nos cheveux noirs et raides, nos yeux sombres et notre peau mate. On nous cherchera facilement des noises. J'essaie juste de ne pas trop y penser pour ne pas communiquer mon angoisse à mes sœurs.

Je réponds au clin d'œil de Santee par un hochement de tête complice. Cette marque de maturité chez elle m'attendrit, car après tout, elle n'a elle-même que dix ans, et elle se comporte déjà comme une petite maman, prête à pardonner à Ray ses caprices.

Je me contente de finir les restes quand elles ont l'estomac calé. Nous avons encore de quoi manger à midi, mais après, je ne sais pas comment nous ferons. Je veux croire que nous trouverons une solution. Ne poursuivons qu'un objectif : arriver là-bas et trouver du travail le plus rapidement possible.

Mon idée est d'atteindre Salt Lake City, dans l'Utah, avant la tombée de la nuit, parce que ça signifiera qu'on aura franchi les montagnes Rocheuses qui traversent le pays du nord au sud, du Canada jusqu'au Mexique. Cette chaîne de montagnes est mythique ; elle marque la limite entre l'Ouest et le reste des États-Unis. Les colons blancs ont longtemps été stoppés par cette barrière naturelle, incapables de passer ses hauts cols enneigés avec leurs chariots.

Pour les Blancs, au-delà, c'était l'Ouest sauvage, et tout au bout de la route, la fin du monde connu : l'océan Pacifique.

Salt Lake City est à neuf heures de route à peu près. Je sais que je fatiguerai plus vite qu'un conducteur habitué à parcourir de telles distances. Et puis je crains les contrôles de police. Conduire sans permis, c'est la prison direct... Pour le coup, qui s'occuperait de mes sœurs ? Je ne dois donc commettre aucune infraction sur la route, aucun dépassement de vitesse... Surtout, je dois penser à mettre mon clignotant ! Une chose que ma mère m'a apprise : les policiers détestent qu'on change de voie sans prévenir.

Il fait très beau ; le ciel bleu, droit devant nous, est porteur de promesses. Malgré les difficultés qui nous attendent, j'ai envie d'y croire. Alors, j'allume le sound-system. Enfin, sound-system, si on peut dire ! Parce que la voiture est tellement vieille qu'elle n'est pas équipée d'un lecteur CD – ne parlons même pas de port USB ou de Bluetooth ! – mais d'un lecteur de cassettes à bande, comme dans les films des années 1980. Qu'est-ce qu'on peut se moquer de notre mère avec ça, mes sœurs et moi ! Quand nous ne la chambrons pas sur les noms des groupes qu'elle écoute !

Je préfère mettre la radio. Après avoir évité toutes les stations de cow-boys qui jouent de la musique country, je finis par tomber sur *Who needs love*, de Tory Lanez. C'est un morceau qu'on connaît par cœur ! Santee et Ray se mettent à accompagner le chanteur, et je les rejoins.

On roule fenêtres ouvertes, le vent s'engouffre et soulève tout dans l'habitacle. On rit parce que les paroles sont ponctuées de gros mots que maman nous interdirait de prononcer ; je bats le rythme sur le volant pendant que Santee et Ray sautent sur leurs fesses, bras en l'air.

Par moments, je redeviens maussade en pensant à notre mère : je lui en veux toujours un peu, mais tout de même, elle ne mérite pas ce qu'il lui arrive. Elle a dû intégrer sa cellule à l'heure qu'il est ; elle est même déjà au courant que ses filles ont disparu. Telle que je la connais, elle imagine certainement le pire. Je ne peux pas la laisser s'inquiéter plus longtemps, je dois entrer en contact avec elle le plus rapidement possible.

À l'approche de Kimball, la route est bordée de bosquets de plus en plus nombreux. Une aire en particulier offre une zone ombragée grâce à la présence d'arbres indomptables qui grimpent sur des rochers ; eux-mêmes tentent de leur échapper en les escaladant. On ne sait plus qui pousse sur qui, lesquels des arbres ou des *boulders* sont apparus les premiers... Cela donne un spectacle magnifique que même Ray et Santee apprécient.

Je les laisse s'amuser dans les branches des uns et gravir les flancs râpeux des autres, et je m'éloigne pour téléphoner à notre mère.

Je ne sais pas si on me permettra de lui parler ; aussi, je préfère ne pas dire à mes sœurs que c'est elle que j'appelle. J'invoque le prétexte des services sociaux que je souhaite soi-disant informer de notre voyage.

– Pénitencier fédéral de Rapid City. En quoi puis-je vous être utile ?

– Euh, je souhaiterais parler à une détenue.

– Vous êtes son avocate ?

– Non, sa fille.

– Je regrette mais les communications personnelles sont interdites dans ce sens. Ce sont les détenus qui appellent leur famille aux horaires dédiés, si le PCV est accepté, et pour une durée maximale de quinze minutes.

– Le PCV ?

– C'est-à-dire que l'appel se fait aux frais de la famille, qui doit au préalable accepter de le prendre.

– Mais... S'il s'agit d'une urgence ? Ma mère vient d'être... Comment dire, admise...

– Écrouée.

– Oui, c'est cela. Elle vient d'être écrouée et...

– Je regrette, pas d'exception. Vous devez attendre qu'elle vous contacte. Les appels se font entre 18 et 20 heures.

– Oui, mais là c'est un cas un peu spécial. Il faudrait la rassurer. Elle croit que nous avons disparu... Ses filles, je veux dire. Elle pense que ses filles sont en danger. Est-ce que vous pourriez au moins lui transmettre un message, lui dire que nous allons bien ?

– Désolé, c'est impossible. Nous avons plus de sept cents détenus hommes et femmes, nous ne pouvons pas traiter les cas particuliers. Votre maman vous appellera, si elle le souhaite. Passez une bonne journée.

L'employé du pénitencier me raccroche au nez. Je retourne auprès de mes sœurs.

– Ils ont dit quoi ? me demande Santee.

– Rien. Je leur ai dit de rassurer maman.

– Quand est-ce qu'on pourra lui parler ?

– On ne peut pas l'appeler. C'est elle qui le fera. C'est le soir uniquement. Allez, montez, on y va maintenant.

Je reprends le volant, un œil toujours rivé à la jauge d'essence. D'ailleurs, cela fait à peine une demi-heure que nous roulons quand le voyant rouge s'allume : nous sommes sur la réserve.

Je m'arrête aux environs de Pine Bluffs pour faire le plein, mais j'ai à peine de quoi remplir la moitié du réservoir. Cela me coûte trente-deux dollars ; il ne me reste plus que huit dollars.

J'autorise Ray et Santee à descendre de la voiture pour se dégourdir les jambes. Elles me rejoignent à l'intérieur, là où se trouvent les caisses, pour aller aux toilettes, parce que Ray a envie de faire pipi. Mais dès qu'elles franchissent les portes du magasin, le gérant de la station-service se met à les dévisager. Puis, son regard se pose sur moi. Puis, il reluque du côté de la voiture. Je sais ce que cela signifie : soit un avis de recherche a déjà été diffusé à la télé ou dans les journaux, soit il a déduit seul qu'il y avait quelque chose de louche à notre sujet.

Je n'ai pas l'intention d'attendre pour avoir la réponse. Mieux vaut ne pas traîner dans les parages. Je rappelle mes sœurs et nous repartons aussitôt malgré les protestations de Ray.

– Tu feras pipi plus loin, dans la nature, lui dis-je sans donner d'explications.

Je crois que Santee a compris ce qu'il se passait.

Nous continuons notre trajet sans encombre. Après un rapide arrêt pour que Ray soulage sa vessie, je reprends le volant en silence, concentrée sur la route, craignant à tout moment de voir apparaître une voiture de police dans le rétroviseur. Heureusement, le pompiste ne semble pas avoir donné notre signalement car nous croisons des patrouilles sans être interpellées.

Ray, qui ne lit pas encore très bien, demande à Santee de l'aider à déchiffrer les noms des villes indiqués sur les panneaux.

– Cheyenne, Medicine Bow, Horse Creek, Elk Mountain...

– On dirait des noms indiens, remarque Ray.

– *Ce sont* des noms indiens ! Santee lui répond.

Je souris sans quitter la route des yeux. Petites mais pas bêtes, les frangines. Elles pointent sans le savoir une vérité que nous-mêmes avons oubliée : ce pays était peuplé avant l'arrivée des premiers colons. Ce sont peut-être des Blancs qui ont façonné l'Amérique et lui ont donné le visage qu'elle a aujourd'hui, mais des Cheyennes, des Seminoles, des Cherokees et des centaines d'autres peuples autochtones y vivaient avant eux et en avaient nommé le moindre col de montagne, le moindre ruisseau.

Ce que Ray et Santee n'expriment pas mais qui me frappe, moi, c'est la beauté des paysages que nous traversons. Je ne connais que le Dakota du Sud, une région réputée pour sa végétation et ses reliefs variés, allant des vastes prairies des Black Hills, où paissent des troupeaux de bisons, aux ravins des Badlands.

Lors d'un voyage de fin d'année au Crazy Horse Memorial, j'avais eu l'occasion d'admirer les concrétions à l'infini des Badlands, et les forêts autour de la sculpture géante du grand chef de guerre oglala lakota, une des figures historiques de notre peuple, aussi célèbre que Sitting Bull.

Le monde entier connaît, pour les avoir vues dans des dizaines de films, les silhouettes des quatre présidents fondateurs des États-Unis de Mount Rushmore. Cependant, pas très loin de là, la sculpture de Crazy Horse sur son cheval, commencée en 1948, sera bien plus haute et bien plus imposante que celles de Mount Rushmore. Pour les uns, elle symbolise l'esprit de liberté et d'insoumission de notre peuple. Pour les autres, défigurer une montagne sacrée constitue forcément un blasphème, et reproduire ce qui a été fait à Mount Rushmore une aberration, même si cela permet de rappeler que les quatre présidents américains – Washington, Jefferson, Roosevelt et Lincoln – ont encouragé la conquête de territoires qui appartenaient aux *Native Americans*.

Aujourd'hui, le Crazy Horse Memorial est loin d'être achevé, mais l'œuvre suscite toujours autant de controverse au sein de la tribu.

La Dodge peine dans les pentes escarpées des montagnes Rocheuses, mais après chaque col que nous franchissons, le moteur reprend son souffle en même temps qu'un nouvel horizon, un nouveau paysage grandiose s'offre à nous. Vues de loin, les Rocheuses sont une barrière sombre impressionnante, mais dès qu'on y pénètre, on découvre une variété de couleurs incroyable. La pierre passe du rouge au gris, du noir au bleu... Tout ça sur les flancs du même promontoire, sur la façade de la même falaise, comme s'il s'agissait des couches d'un gâteau géant ; elle brille sous le soleil et disparaît dans l'ombre, pour resurgir après la courbe suivante. La route tourne et vire et semble n'avoir pas de fin. C'est comme si, tout à coup, je réalisais que la réserve de Pine Ridge n'est qu'un petit point sur la carte d'un territoire immense. Je me demande si maman est consciente de ce que ce pays a à offrir. Elle ne nous a jamais présenté les choses de cette manière. Pour elle, la réserve est une prison et un refuge à la fois ; un îlot au milieu d'un pays hostile. À force de se sentir des Oglalas Lakotas de Pine Ridge, encerclés par des ennemis, j'ai l'impression que mon peuple a oublié qu'il était américain, et que les États-Unis d'Amérique nous appartiennent aussi, peut-être même davantage qu'à n'importe qui d'autre !

Nous nous arrêtons pour pique-niquer en bord de route du côté de Rawlins, sur les derniers contreforts montagneux.

Je suis épuisée. Mon pied me fait mal, comme toujours lorsqu'il reste immobile trop longtemps. J'ai des crampes dans les bras et le dos noué par la tension permanente imposée par la conduite. Les yeux me piquent aussi ; il est temps qu'on fasse une pause.

Avant de couper le moteur, j'évalue ce qu'il nous reste d'essence : une nouvelle fois, le niveau est très bas ; c'est dingue ce que ce véhicule consomme !

Les filles bondissent hors de la voiture et vont se dégourdir les jambes dans les éboulis. Je comprends pourquoi on appelle ces montagnes les Rocheuses. Depuis des dizaines de kilomètres, je n'ai vu aucune végétation… Ni arbres ni buissons. C'est le règne minéral.

Je reste un long moment à regarder le paysage écrasé par le soleil. Santee et Ray ont trouvé la nourriture dans le coffre : du pain de mie, des chips, des *beef jerkies* – ces bâtons de viande séchée dont je raffole – et des conserves de fruits au sirop. Notre mère n'est pas vraiment une cuisinière. Je crois que je ne l'ai jamais vue préparer un plat en dehors de la dinde aux légumes au moment de Noël.

Santee me confectionne un sandwich au *beef jerky* et m'apporte une poignée de chips. Elle me tend ensuite une boîte de conserve de pêches au sirop pour que je l'ouvre parce qu'elle a peur de se blesser. J'ai oublié de prendre un ouvre-boîte, alors je dois me débrouiller avec un vieux couteau rouillé trouvé dans la boîte à gants de la voiture ; il a appartenu à notre père. Je l'ai toujours vu traîner là, mais je ne l'avais jamais vraiment regardé. Je l'observe sous toutes les coutures. Notre père a gravé ses initiales dans le manche en bois : « S. E. », pour « Samuel Esper ». Il n'a pas jugé opportun de mentionner son nom lakota,

Reddog. Ça veut dire « Chien-roux ». Le nom vient d'un rêve qu'il faisait régulièrement quand il était enfant, dans lequel une meute de chiens menée par un grand mâle roux l'entourait alors qu'il avançait péniblement dans la neige. Il n'arrivait pas à savoir s'il lui voulait du mal ou s'il était là pour le protéger. Ses parents ont retenu ce nom de Reddog pour lui. Dans la tradition lakota, il est fréquent que quelqu'un adopte un nouveau patronyme à la suite d'une vision ou d'un événement marquant dans sa vie. Mais mon père ne s'intéresse pas à l'histoire de son peuple. Il méprise les traditions et les croyances des anciens. Il ne s'est jamais fait appeler par le nom de son animal totem ; alors que moi, je suis fière du mien, même s'il évoque mon infirmité.

Ça peut paraître cool de s'appeler Patte-d'ours, parce que l'ours est un animal mythique. On s'en méfie et on l'admire, on le laisse en paix. Quand on est enfant, les ours sont nos meilleurs amis. On a tous eu un ours en peluche que l'on a mâchouillé avec tendresse et trimbalé partout.

Mais quand on connaît les raisons pour lesquelles on m'a donné ce surnom, on trouve la chose moins « cool ». J'ai vraiment un pied d'ours. En jargon médical, on appelle ça un pied bot. C'est une malformation congénitale. Je suis née avec une espèce d'enclume à la place du pied droit, une masse informe au milieu de laquelle se fondent cinq doigts boudinés que l'on devine par la présence de cinq bouts d'ongles qui émergent à l'extrémité de cette horreur. Quand j'étais petite et que je marchais pieds nus dans le jardin, je laissais des traces dont mon oncle a dit un jour qu'elles ressemblaient aux empreintes d'un ours dans la forêt. Ça a fait rire toute la famille et depuis, je réponds au nom de Patte-d'ours.

C'était opérable à la naissance, mais notre assurance maladie ne couvrait pas ce genre de chirurgie. Ils ont dit que « l'enjeu était esthétique, pas médical ». Depuis, je boite, et ça n'est pas considéré comme un problème.

Une fois le repas terminé, je demande à mes sœurs de jouer sagement, sans faire de bruit ; j'ai besoin de faire une sieste avant de repartir.

Je m'installe à l'arrière de la voiture, portes ouvertes pour créer un courant d'air, et je m'assoupis.

C'est la voix de Santee qui me réveille ; elle parle fort et je râle contre elle dans un premier temps, jusqu'à ce que je comprenne qu'elle n'est pas en train d'échanger avec Ray mais avec quelqu'un d'autre... Un homme ! Celui-ci dit :

– Et elle est où, votre maman ?

Mon sang se fige.

– Elle se repose, parce qu'elle a conduit jusqu'ici depuis Pine Ridge et elle était fatiguée.

Je comprends tout de suite : ça doit être la police ! Santee et Ray savent qu'en cas de contrôle, elles doivent prétendre que je suis leur mère. J'ai failli me redresser pour intervenir, mais je me dis que le coup de bluff de Santee a une chance de réussir. Si j'enfouis un peu plus mon visage dans le creux de mes bras afin qu'il ne devine pas mon âge, peut-être le policier croira-t-il avoir affaire à une mère de famille épuisée qu'il convient de laisser dormir ? Peut-être qu'il aura pitié d'elle et n'osera pas la réveiller ? Je reste immobile, priant pour que ça marche.

Et ça marche ! J'entends le policier s'approcher de la voiture, s'arrêter à quelques mètres. Il a probablement la main sur la crosse de son pistolet, prêt à dégainer, comme on leur apprend à le faire. Je le sens qui m'observe pendant quelques secondes. Je m'efforce d'adopter la respiration de quelqu'un qui dort profondément. Puis, il dit :

– Bien. Mais ne restez pas en plein soleil trop longtemps. Dès que votre maman sera réveillée, reprenez la route. D'accord ?

– D'accord, monsieur.

Santee a été parfaite : polie, obéissante, posée... Comme si nous étions une petite famille comme les autres et que notre présence ici était absolument normale.

Le policier redémarre et sa voiture s'éloigne. J'attends encore dix secondes avant de me redresser, et quand j'ai l'assurance qu'il est bel et bien parti, je me précipite vers mes sœurs et les embrasse en hurlant de joie.

– Je suis fière de vous ! Vous êtes de fieffées menteuses !

– C'est toi qui nous as enseigné ça, avec tous les bobards que tu racontes à maman !

– Quoi ? Je ne mens jamais !

– Et la fois où elle t'avait interdit de monter sur le cheval de Sam Spotted-tail ? Tu es montée malgré tout et tu es tombée. Tu nous as fait promettre de ne rien dire à maman, et toi, tu as prétendu avoir fait une chute de vélo !

Ray se bidonne alors que Santee nous rappelle mes exploits. J'essaie de protester, pour la forme, mais elles chantent en chœur « Menteuse, menteuse ! », et nous éclatons de rire.

Mes sœurs sont deux sacrés bouts de femme. Avec une telle équipe, je suis certaine que nous allons nous tirer d'affaire.

Au moment précis où je me fais cette réflexion, le rire de Ray cesse et son visage passe d'un rictus de joie à celui du désespoir :

– Quand est-ce qu'on va revoir maman ? dit-elle au milieu de grosses larmes.

Je l'attire à moi et elle se laisse tomber dans mes bras.

– Je te l'ai déjà dit, Ray. On ne la verra pas avant l'année prochaine. Mais nous pourrons lui parler au téléphone.

– Quand ? demande Santee.

– Je te l'ai expliqué aussi : nous devons attendre son appel. Je pense qu'elle sera autorisée à le passer aujourd'hui.

Les sanglots de Ray diminuent. J'attrape un mouchoir en papier dans la boîte à gants et l'aide à se moucher.

Après une telle montée d'adrénaline, je n'ai plus du tout sommeil.

– Bien, n'attendons pas que le policier repasse ou change d'avis. Partons vite d'ici.

Dans la minute qui suit, le camp est levé.

La climatisation de la voiture ne fonctionne pas, évidemment. En pleine journée, dans cette partie des États-Unis et au mois de juillet, les températures sont très élevées. Nous avons quitté les montagnes Rocheuses à présent, et la chaleur s'est une nouvelle fois abattue sur la carrosserie de la Dodge. Nous avons beau rouler fenêtres ouvertes, nous mourons de chaud. Mais s'arrêter, nous venons de le constater, attire l'attention et soulève des questions. Donc, nous poursuivons sans relâche, jusqu'à ce que le moteur se mette à brouter. Il y a quelques ratés, je pompe sur la pédale d'accélérateur, puis ça repart.

– On ne va pas tarder à manquer d'essence.

Ray pousse un petit cri d'effroi.

– Pas de panique, je dis.

Santee la prend dans ses bras pour tenter de la rassurer. Je quitte l'interstate 80 dès que je le peux ; il ne faut surtout pas tomber en panne sur cet axe principal très fréquenté où la police patrouille régulièrement.

Je continue à rouler pendant environ un kilomètre. Nous sommes au milieu d'une immense étendue plate sans végétation. Il n'y a nulle part où se cacher à des kilomètres à la ronde. Je profite d'une piste qui démarre entre deux rangées de buissons pour l'emprunter et nous mettre à l'abri. Grâce aux quelques gouttes d'essence qui restent dans le réservoir, je parviens à garer la voiture un peu plus loin sous un vieux hangar qui doit dater de la conquête de l'Ouest. Là, au moins, nous serons à l'ombre et personne ne pourra nous voir depuis la route.

Le moteur cale, réservoir complètement à sec.

– Pfiou, il était temps ! je dis en essayant d'adopter un ton joyeux.

Mais en me retournant, je découvre le visage affolé de mes deux sœurs.

– Comment on va faire ? dit Ray.

– Ne vous inquiétez pas. On va trouver une solution.

– On peut faire du stop, suggère Santee.

Je réfléchis avant de répondre. Trois filles, en stop, ce n'est pas ce qu'il y a de plus prudent. Sans compter que si nous sommes recherchées, c'est le meilleur moyen de nous faire attraper.

– On verra. On n'en est pas là. Pour le moment, il faut...

– J'ai faim, dit Ray.

– Justement ! C'est ce que j'allais dire : il faut penser au repas de ce soir.

– On n'a plus d'argent, dit Santee.

C'est une affirmation, pas une question. Elle est parfaitement consciente de la situation.

– Il me reste quelques dollars. On se débrouillera.

– On va dormir où ?

– Dans la voiture.

– Encore ?

– Ben, quoi ? Vous avez dormi comme des marmottes, la nuit dernière.

– Et après ?

– Après ?

– En Californie, on dormira où ?

Santee m'agace avec ses questions ; mais comment lui en vouloir ? Je partage son inquiétude. Je fais tout pour le leur cacher mais Santee m'oblige à réfléchir à des problèmes auxquels je n'ai pas de solution. Je commence à me dire que j'ai fait une bêtise en les entraînant dans cette aventure.

Puis, je me rappelle l'histoire de nos ancêtres que j'ai apprise au lycée : les longues marches des Oglalas Lakotas à travers les plaines à la recherche de gibier, bravant les éléments et le manque d'eau, l'espoir qu'ils gardaient, leur foi inaltérable en mère Nature qui finirait bien par leur procurer peaux et nourriture. Nous sommes les héritières de cet optimisme à toute épreuve, de cette capacité à résister à l'adversité, de cette endurance. Nous continuerons à pied s'il le faut, nous mangerons des baies, nous boirons l'eau des rivières, mais nous réussirons !

Je consulte Google Maps sur mon téléphone : nous nous trouvons à quelques kilomètres d'une petite ville appelée Lyman, près de Fort Bridger, à deux heures de voiture de Salt Lake City. Nous sommes donc encore très loin de Sacramento, notre destination. Il y a un One Dollar Market à l'entrée de Lyman, un de ces magasins pas chers ; il est ouvert jusqu'à 21 heures, j'ai donc largement le temps de m'y rendre.

– Je vais faire les courses au supermarché.

– Et nous ?

– Vous restez là. Attendez mon retour sans vous faire remarquer. Vous pouvez sortir de la voiture, mais pas du hangar.

– J'ai peur.

Ray se remet à pleurer et ça me fend le cœur. J'hésite. À trois, le risque de nous faire repérer est plus élevé, mais nous séparer n'est peut-être pas une bonne idée. Nous sommes tout ce que nous avons, tout ce qui nous reste.

Je vois bien dans le regard de Santee qu'elle est prête à surmonter son angoisse et à s'occuper de sa sœur pendant mon absence, mais qu'elle n'est pas rassurée. « Et s'il t'arrivait quelque chose, que deviendrions-nous ? » semblent dire ses yeux inquiets. Alors, je cède.

– Bon, d'accord. On y va ensemble. Mais je vous préviens : c'est loin. Il ne faudra pas vous plaindre.

– Loin comment ? demande Santee.

– Il y a au moins une heure de marche.

Pour Ray, une heure paraît une éternité, mais c'est ça ou rester seule, alors elle hoche la tête.

– On y va, je dis. Prenez vos gourdes.

Nous nous mettons en route sous un soleil de plomb.

3

Nous venons à peine de quitter la voiture – la grange est encore en vue – quand mon téléphone sonne. Le raclement des chaussures de mes sœurs sur le goudron cesse ; elles attendent, immobiles, de savoir qui c'est. Numéro inconnu, ça pourrait être notre mère.

– Allô ?

– Denisa ?

Ce n'est pas sa voix. Je me tourne vers mes sœurs, fais non de la tête et me remets en marche. Déçues, Ray et Santee m'emboîtent le pas d'un air affligé. Maman leur manque ; elles languissent de lui parler. Elles ont beau m'aimer et me faire confiance, une grande sœur ne remplace pas une mère.

– Qui la demande ?

– C'est moi, Samantha Leaf, l'assistante sociale du gouvernement tribal. Nous nous sommes parlé hier.

Je la reconnais, en effet.

– J'ai obtenu ton numéro par ta mère. Comme je ne vous ai pas trouvées chez vous ce matin, et vu que personne ne savait où vous étiez passées, j'ai été obligée de l'en informer.

Je fais la morte. Tôt ou tard, ça devait arriver, je le savais. Il n'empêche, je me sens mal à l'aise, comme un voleur pris la main dans le sac.

– Où êtes-vous, Denisa ? D'après le shérif, la voiture de votre mère avait été rapportée par ses hommes. Or, elle n'est plus garée devant chez vous. Est-ce que je dois en déduire que tu as pris la route avec tes sœurs ?

Je connais trop bien leurs trucs pour nous faire parler. Samantha Leaf est du côté de la police et de la justice ; elle va chercher à me piéger.

– Je ne vous dirai rien. Je vous ai déjà expliqué qu'il n'était pas question que nous soyons séparées, mes sœurs et moi.

– Je ne représente ni la police ni le bureau du juge, dit-elle.

On dirait qu'elle a lu dans mes pensées.

– Mon travail consiste à protéger les enfants. Je ne sais pas ce que tu as en tête, mais en l'occurrence, j'ai l'impression que tu es en train de mettre tes petites sœurs en danger. Tu es quelqu'un de bien, Denisa. Je sais que ce n'est pas ce que tu veux.

Elle cherche à m'amadouer. Si ça se trouve notre conversation est sur écoute, et elle est en train de gagner du temps pour que les flics nous repèrent.

– Faites en sorte que nous soyons toutes les trois prises dans la même famille, ou la même structure. À cette condition, nous reviendrons.

– Je ne peux pas te le garantir.

– Alors, je n'ai plus rien à vous dire. Je ne parlerai qu'à ma mère.

– Comme tu veux, mais pense à l'inquiétude que tu lui causes. Ne crois-tu pas qu'elle a suffisamment d'ennuis…

Je coupe la conversation. Mes mains tremblent alors que je rempoche mon smartphone. Parler durement à une adulte, lui raccrocher au nez… Cela ne me ressemble pas, mais je ne veux pas me laisser attendrir, sinon je n'y arriverai pas. Peut-être que les services sociaux me testent. Si je reste déterminée, ils s'efforceront de trouver une solution à notre problème, alors que si nous rentrons maintenant, au bout de même pas un jour, ils se diront que je bluffais et ils ne lèveront pas le petit doigt pour nous.

– Qu'est-ce qu'elle voulait ? demande Santee.

Je hausse les épaules.

– Ils nous cherchent ? insiste-t-elle. Maman doit s'inquiéter.

– Nous la rassurerons quand nous l'aurons au téléphone, dis-je en prenant Ray par la main.

Je sais ce que pense Santee : comment se fait-il que notre mère ne nous ait pas encore appelées ? Qui pourrions-nous contacter, nous, pour avoir de ses nouvelles ?

La marche nous paraît interminable. À la fin, je dois porter Ray sur mon dos. Avec mon pied bot, c'est un véritable calvaire, mais je ne lui en dis rien. Cela me rappelle les cours de danse traditionnelle que j'ai suivis pendant quelque temps sur la réserve. Des mois de répétitions et de souffrance pour finalement renoncer au voyage que mon groupe de filles a fait à Washington à cause d'une tendinite sous la voûte plantaire. J'ai raté la représentation de *jingle dances* que mes camarades ont donnée au Smithsonian National Museum of the American Indian, accompagnées des Crazy Horse singers et des hommes du Grass Dancers group.

Pendant les cours, je courbais l'échine sans me plaindre parce que je voulais apprendre les pratiques ancestrales de notre tribu et participer aux *pow-wows*, ces grands rassemblements de plusieurs tribus indiennes au cours desquels hommes, femmes et enfants dansent et chantent pendant des jours et des nuits.

On ne m'a jamais reproché d'avoir abandonné, mais je sens que cela m'a coupée de mes amis, de ma propre tribu. Un lien n'a pas pu se tisser. Pourtant, je me sens aussi indienne que n'importe lequel d'entre nous.

Les *pow-wows* sont les derniers ponts qui nous relient au monde révolu de la vie dans les grandes plaines, avant l'arrivée des Blancs. Honnêtement, nous n'avons plus grand-chose de commun avec les fiers chasseurs qui régnaient sur la prairie. Il faut bien dire ce qui est : les *pow-wows* sont là pour nous faire oublier que notre peuple se noie dans l'alcool et disparaît dans les fumées de méthamphétamine, que nous serions incapables de chasser le moindre lapin ou de nous passer de nos voitures pour nous déplacer tant l'obésité et le diabète sévissent parmi nous.

Notre mère a ses problèmes et ses défauts, mais elle peut s'enorgueillir de nous avoir protégées, mes sœurs et moi, des malheurs qui frappent les jeunes de la réserve. J'ai seize ans, et de nombreuses filles qui étaient avec moi à l'école primaire sont déjà filles mères ; elles passent leurs journées écroulées dans leur canapé à boire de l'alcool pas cher ou à se droguer. Moi, au moins, malgré mon infirmité, je me respecte et j'ai un but dans la vie – même si aujourd'hui, sur cette route écrasée de soleil, j'avoue ne plus trop savoir où je vais –, et j'entends bien que mes sœurs suivent le même chemin que moi !

La route n'est bordée par rien. À droite comme à gauche, devant comme derrière, le paysage n'est qu'une étendue rêche et poussiéreuse faite de rares arbustes et de cailloux qui se confondent avec la terre. Les seuls arbres que nous apercevons sont rassemblés autour d'un ruisseau à sec. La couleur pâle de leurs branches chétives et leurs feuilles flétries laissent penser qu'il n'a pas plu depuis longtemps.

Nous ne croisons presque personne : une première voiture nous dépasse en klaxonnant mais sans ralentir ; une deuxième, roulant dans l'autre sens, ne prête pas attention à nous. Trois Indiennes qui marchent sur le bas-côté en plein milieu de l'après-midi n'inspirent ni confiance ni pitié. Notre mère nous a prévenues :

« Ne comptez jamais sur les Blancs. Ils ne lèveront pas le petit doigt pour une *Native American*. Ce dont vous avez besoin, gagnez-le seules. Ou prenez-le. »

Je me suis toujours demandé ce qu'elle entendait par « Prenez-le ». Voulait-elle dire que la fin justifie les moyens ? Cette question me tarabuste alors que nous avançons vers Lyman parce que avec huit dollars en poche, je ne pourrai pas acheter grand-chose. Est-ce que je vais devoir voler de la nourriture pour mes sœurs ? Est-ce cela que ma mère insinuait ?

Je n'ai jamais rien fait d'illégal. Je sais que c'est mal, mais les circonstances sont exceptionnelles. C'est une question de survie ; il ne s'agit pas de voler un jeu vidéo ou des bonbons par gourmandise. Il s'agit de ne pas mourir de faim.

Enfin, les silhouettes des premières maisons se dessinent et nous atteignons le panneau « Lyman, population 2 115 ». Heureusement, le One Dollar se trouve à l'entrée de l'agglomération.

Nous arrivons exténuées au supermarché. Je demande à Ray et Santee de m'attendre dans le hall. Je me dis que j'aurai plus de facilités à cacher des choses dans mon sac à dos si je suis seule que si j'ai à les gérer. Elles se laissent glisser sous la soufflerie de la clim' mais je les fais se relever.

– Ne vous faites pas remarquer, je dis avant d'entrer dans le magasin.

En remontant les allées, je surprends deux filles en train d'essayer un rouge à lèvres sur le dos de leur main. J'entends une bribe de leur conversation que mon apparition dans le rayon interrompt. Il est question d'anniversaire. Elles ont mon âge à peu près, et j'imagine qu'elles ont été invitées à une fête donnée par une de leurs copines, et qu'elles cherchent à s'apprêter pour être les plus belles de la soirée.

Ma mère m'arracherait les lèvres si je me maquillais, mais j'adorerais être une de ces deux filles qui discutent en se réjouissant de leur projet pour ce week-end. Ma mère ne m'a jamais autorisée à me rendre à une *party*. J'ai déjà été invitée, mais elle affirme que « c'est ainsi que ça commence ». Je sais bien ce qu'elle entend par *ça*, et même si je la trouve trop stricte parfois, je me dis qu'elle n'a pas tort d'être sévère quand je vois ce que sont devenues la plupart des filles de ma classe qui, elles, font la fête tous les week-ends. Je me fais confiance, je n'ai pas l'intention de faire des bêtises, mais il est vrai qu'il y a toujours des garçons plus âgés qui traînent dans ces soirées, de la drogue circule et on te pousse à boire... Il y a systématiquement des bagarres et ça se termine souvent mal.

« Ne commettez pas les erreurs que j'ai commises, assène ma mère. Non pas que je les regrette, sinon vous ne seriez pas là, mais... »

À cause de son intransigeance, les filles de ma classe me considèrent comme une espèce de *nerd*, une nana pas du tout à la page, le contraire de la fille cool. Mes notes excellentes les confortent dans l'idée que je suis une fayotte.

Ma mère me conseille de n'accorder aucun crédit à ceux qui voudraient me tirer vers le bas. Elle soutient que plus tard ces gens regretteront de n'avoir rien fait à l'école, et qu'ils viendront me manger dans la main quand je serai la première femme cheffe de la tribu.

Je pouffe quand elle tient ces propos mais, elle, ne plaisante pas. Elle me voit vraiment à la tête de la tribu, un jour. « C'est le sens de l'Histoire », dit-elle d'un air convaincu. Je n'ai pourtant aucune velléité de devenir une meneuse. Je crois que ma mère ne se rend pas compte que pour être élue, il faut plaire aux gens... Or, moi, je suis complètement ostracisée. Je déplais à mes camarades. C'est pour cette raison que je n'ai aucune meilleure amie.

D'ailleurs, nous avons quitté la réserve sans prévenir personne, parce qu'il n'y avait tout simplement personne à prévenir ; notre famille est à ce point repliée sur elle-même. Cela m'attriste, et je plains mes sœurs qui prennent le même chemin, mais je ne regrette rien parce que je sais que c'est un mal nécessaire pour m'en sortir. Je pourrais agir comme les autres et avoir une vie sociale très riche aujourd'hui, mais demain me réserverait le même sort qu'à elles : pas d'espoir de vie meilleure.

Mais les deux filles du supermarché auront-elles un meilleur avenir que moi ? En attendant, elles se figent, visiblement embarrassées d'avoir été prises sur le fait. Puis, soulagées de constater que je ne suis ni un employé du magasin ni une maman qu'elles connaîtraient et qui serait susceptible de les dénoncer, elles se détournent et reprennent leur conversation. J'essaie de les ignorer en passant à leur niveau, mais je sens leur regard dans mon dos. C'est une petite ville, elles se demandent qui je peux bien être, surtout avec ma couleur de peau et ma claudication.

Avec les huit dollars, je prends une espèce de pâté en croûte, des biscuits au chocolat et une bouteille de trois litres d'eau. Puis, je vérifie que je me trouve dans un angle mort des caméras, et j'enfouis du jambon, du fromage en tranches et un paquet de *buns* pour faire des hamburgers au fond de mon sac. Enfin, l'air de rien, je me dirige vers la caisse.

Je repasse par le rayon des produits cosmétiques ; les deux filles croisées plus tôt y sont toujours.

Pendant que les articles avancent sur le tapis roulant, je jette un coup d'œil en direction de la sortie : mes sœurs m'attendent sans bouger ; aucun agent de sécurité en vue. Tout va bien.

Mais, alors que je m'apprête à payer, le caissier lève les yeux vers moi en grimaçant. Je fais une tête qui veut dire « Quoi ? », mais lui fait une tête qui veut dire « Tu sais très bien quoi ».

– Et ce qu'il y a dans le sac, vous comptez le payer à part ou en même temps ?

Je me liquéfie. Il a tout vu ! Mais comment est-ce possible ?

Au point où j'en suis, avouer est la seule issue. Nouveau coup d'œil en direction de Ray et Santee : elles ne prêtent pas attention à moi. Au moins, je peux encore sauver l'honneur, m'en sortir en négociant avec ce type sans qu'elles apprennent ce qu'il s'est passé.

J'ouvre mon sac et dépose le jambon, le fromage et les petits pains sur le tapis roulant.

– Je n'ai pas assez d'argent, je bredouille.

Le jeune homme, un rouquin grand et maigre qui porte un tablier aux couleurs du magasin avec son prénom, Terry, sur un badge, tourne la tête vers Ray et Santee. Il vient de comprendre qu'elles sont avec moi. Il fronce les sourcils et dit :

– Ça ne fait rien. Je les ramènerai en rayon.

Il me laisse passer. Je n'en reviens pas : il ne va pas me dénoncer !

Mais au moment où je franchis le portillon électronique, il me rappelle.

– Attendez.

J'en étais sûre ! Il m'a donné un faux espoir, mais c'était pour mieux me piéger. Je pivote sur mes talons, prête à fondre en larmes pour l'apitoyer, puisqu'il faut en arriver là. Mais ce n'est pas du tout ce que je pensais, parce qu'il dit :

– Tenez.

Il me tend un paquet de pain de mie. Je dois faire une tête d'ahurie, parce qu'il précise :

– C'est périmé, je vais devoir m'en débarrasser, autant que ça profite à quelqu'un.

Comme je ne réagis pas, il secoue le paquet et jette des coups d'œil furtifs du côté du bureau de son patron, l'air de dire « Vas-y, prends-le vite sinon je vais me faire engueuler ».

Je saisis le pain de mie et je le glisse sous mon bras. Je suis tellement abasourdie que je ne pense même pas à le remercier. J'entraîne mes sœurs hors du magasin et nous repartons vite. Pendant au moins un kilomètre, je ne prononce pas une parole. Il y a donc des Blancs sympathiques !

Nous vidons la moitié de la bouteille d'eau d'un coup tellement nous étions déshydratées, transvasons l'autre moitié dans nos gourdes, et nous nous remettons en route. Tout en marchant, je réfléchis à la suite des événements. Est-ce une bonne idée de revenir à la voiture alors que nous n'avons plus d'essence et que nous voulons aller dans l'autre sens, vers l'ouest ? Une heure de marche pour rien ! Mais comment faire autrement ? Il se fait tard et nous ne pouvons pas dormir dans les rues de Lyman ! Des habitants signaleraient notre présence à la police et nous finirions au poste. Quant à passer la nuit dans la nature toutes les trois, cachées dans un des rares bosquets que compte cette plaine désertique, ça me fait peur. Il faudra certainement en arriver là un jour, mais je ne me sens pas encore prête. La voiture au moins peut se fermer à clef, elle offre un havre contre de possibles rôdeurs qui nous voudraient du mal.

À la sortie du bourg, nous longeons un champ clôturé par du barbelé. On distingue une maison au bout d'un chemin de terre. Il doit y avoir un cours d'eau pas loin, car il y a de l'herbe et on aperçoit quelques arbres.

J'avais repéré la ferme à l'aller, mais je n'avais pas fait attention au verger que je devine maintenant, dans un petit vallon auquel mène la piste, au-delà de la bâtisse. Il fait de plus en plus sombre, mais je suis certaine que ce sont des pommiers. Je me fais la réflexion : « Juillet, ce n'est pas encore la saison des pommes, mais presque ! »

Comme je m'arrête pour réfléchir, mes sœurs me demandent ce qu'il m'arrive.

– Je crois que j'ai une idée.

– C'est quoi, ton idée ?

– Vous aimez les pommes ?

– Oh, oui ! répond Ray.

Santee, plus prudente, fronce les sourcils et me pose la question :

– À quoi tu penses ?

– Vous savez marcher sans bruit, comme des Indiennes ?

– Mais on est des Indiennes, dit Ray.

Je souris.

– Et vous pouvez courir très très vite s'il le faut ?

Là encore, Ray hoche la tête en signe d'approbation alors que Santee me réserve un air méfiant. Elle me connaît. Elle regarde en direction du verger et comprend où je veux en venir.

– Tu veux qu'on vole des pommes ?

Deux minutes plus tard, nous passons sous les fenêtres des fermiers en courbant le dos pour ne pas être vues. Puis, nous descendons dans le verger. Je crains la présence d'un chien, mais nous parcourons la distance jusqu'au champ sans encombre. À l'intérieur de la maison, les propriétaires doivent être en train de manger.

Santee et moi sautons par-dessus la barrière tandis que Ray passe dessous. À mon signal, elles se mettent au travail, Santee cueillant les pommes des branches les plus basses, Ray ramassant celles que nous faisons tomber. J'ouvre mon sac à dos et le remplis au fur et à mesure.

Je veux vérifier qu'elles ne sont pas trop vertes, mais je n'en ai pas le temps, parce qu'à peine avons-nous commencé que le champ s'illumine. Il y a un énorme projecteur sur la façade de la grange, pareil à ceux qui éclairent les terrains de base-ball. Nous nous figeons, comme des lapins pris dans les phares d'une voiture. Et puis, on entend un homme crier :

– Qui est là ? Je vous préviens, je ne vais pas appeler les flics, moi !

Je veux me retourner pour estimer la distance à laquelle il se trouve, mais un premier coup de feu retentit. Tout d'abord, je ne comprends pas. Il ne nous a pas tiré dessus, tout de même ?! On ne tire pas sur les gens sans savoir à qui on a affaire, sans être en danger de mort soi-même, ou en état de légitime défense... On ne tue pas pour des pommes ! Mais au loin, je devine une silhouette en train d'épauler un fusil. Elle ne vise pas le ciel, mais bien dans notre direction.

– Courez ! je hurle, ce qui a pour effet de pétrifier mes sœurs. Maintenant ! j'ajoute pour qu'elles se mettent enfin en mouvement.

Nous détalons comme des lièvres sur le chemin de terre.

Une deuxième détonation claque. Nous entendons le bruit des plombs volant au-dessus de nos têtes.

Je tiens Ray d'une main, Santee de l'autre, et je les entraîne très loin et très vite. Santee fonce sans se retourner, mais Ray, les yeux exorbités de terreur, ne cesse de regarder en arrière. Si je ne la poussais pas dans le dos, elle s'immobiliserait au milieu du chemin.

Déjà, la ferme est hors de vue, mais nous courons le plus longtemps possible. Quand je sens que Ray est à bout de forces, je me retourne pour m'assurer que nous ne sommes pas suivies.

Alors seulement, nous nous accroupissons pour reprendre notre souffle derrière un peuplier couché, mort probablement du manque d'eau dans ce coin abandonné par les dieux.

Dans la précipitation, j'ai oublié mon sac à dos avec tout ce qu'il contenait : les pommes que j'avais ramassées, le pâté en croûte, le pain de mie... Nous avons même abandonné nos gourdes ! Le peu que nous avions, nous l'avons perdu. Tout ce qu'il nous reste, c'est une pomme à laquelle Ray s'est accrochée de sa main libre.

Sous le coup de la peur, nous ne parvenons pas à parler. Au fur et à mesure que le rythme de nos cœurs ralentit, nous glissons au sol. Je risque la tête hors de notre abri pour vérifier que le fermier ne nous a pas suivies jusqu'ici.

– Ça va ? je demande à mes sœurs.

Santee hoche la tête, Ray fixe sa pomme.

– On n'a plus rien à manger, murmure-t-elle.

– Ni à boire, ajoute Santee.

– Je sais.

– Tu crois qu'on devrait y retourner pour tout récupérer ? propose Santee, effrayée par une telle perspective.

Je secoue la tête.

– C'est exactement ce qu'il espère. Je suis sûre qu'il nous tend un piège.

– Comment on va faire ?

– Nous verrons bien. Pour l'instant, il faut nous remettre en marche.

Au moment où je prononce ces paroles, nous parvient de la ferme un bruit sourd ; le vrombissement d'une moto que l'on vient de démarrer.

– Ça vient vers nous, dit Santee.

– Qu'est-ce que c'est ?

Les points blancs de deux phares collés l'un à l'autre répondent à la question de Ray :

– Un quad ! Il nous poursuit !

Ma petite sœur se met à hurler et s'élance sur le chemin, suivie de Santee, puis de moi.

– Il ne faut pas rester sur la piste, je leur crie. Venez par là !

Je saisis la main de Ray et la pousse hors des traces laissées par les véhicules agricoles, en direction d'un terrain accidenté emprunté par les seuls chiens de prairie. Je fais exprès de viser une zone où les buissons s'épaississent car nous pourrons nous y dissimuler sans que le quad ne s'y aventure.

L'engin se rapproche à une vitesse surprenante. Encore quelques secondes, et il sera sur nous, mais normalement, nous sommes hors de vue. Ce type conduit de nuit en prenant tous les risques ; il tient absolument à nous coincer.

En optant pour la broussaille, je n'avais pas anticipé que la végétation par ici est essentiellement composée d'épineux. S'ils m'arrivent à la taille, ils sont à hauteur de la figure de Ray, qu'ils lacèrent. Rapidement, ma petite sœur s'immobilise, incapable de progresser davantage. Elle n'a même plus l'énergie de se plaindre ; elle se tourne vers moi et me présente le visage résigné d'un animal pris au piège.

– Couchez-vous et ne bougez pas !

Elles m'imitent alors que je m'aplatis au sol.

Le bolide surgit en bas du verger. Son conducteur, dont je distingue le profil bedonnant, se redresse sur les cale-pieds et scrute la nuit, moteur au ralenti. Dans son dos, dépasse le canon d'un fusil tenu en bandoulière par une sangle. Cet homme est un prédateur et, ce soir, nous sommes ses proies. Le temps des chasseurs de scalps n'est pas si éloigné.

Il se rassied, donne trois coups d'accélérateur rageurs, et reprend sa course folle. Il passe à une vingtaine de mètres de nous sans se douter que nous avons trouvé refuge dans l'amas de branches et de ronces qui borde son champ. S'il nous repère, nous sommes faites comme des rats, prisonnières de cette barrière épineuse. Je me rassure en me disant que tant que nous ne sommes pas prises dans les phares du quad, le fermier ne peut pas deviner que nous sommes là. De toute façon, il roule si vite qu'il pourrait passer à deux mètres de nous sans nous apercevoir.

Le véhicule s'éloigne mais ce n'est pas pour autant que nous sortons de notre cachette.

Je laisse s'écouler dix bonnes minutes avant de me relever. J'écoute les bruits de la nuit en mettant mes mains en creux devant mes oreilles, sans distinguer le ronronnement du moteur.

– On y va, mais à la moindre alerte, plongez à terre. D'accord ?

Mes sœurs acquiescent.

Nous revenons sur nos pas pour retrouver le chemin, mais cette fois, nous marchons en prenant mille précautions, dans la direction opposée à la ferme. Heureusement, la piste n'est pas difficile à suivre, même sans lampe torche. J'avance tout en cherchant des yeux les endroits vers lesquels nous précipiter en cas d'alerte. Dix fois nous sursautons en croyant entendre un moteur ou voir des faisceaux lumineux au loin.

Nous arrivons à la voiture vers minuit, exténuées par le long détour que nous avons dû faire ; notre plus grande peur est qu'une battue ait été organisée par la police prévenue par le fermier, mais nous ne percevons aucune agitation particulière à l'approche de la grange à l'abri de laquelle nous avons laissé la Dodge.

Il nous reste quelques morceaux de sucre dans le coffre ; c'est tout ce que nous mangeons ce soir, ça et la pomme que Santee et Ray se partagent en grimaçant parce qu'elle est loin d'être mûre.

Elles ont des cernes sous les yeux ; la chaleur qui perdure bien qu'il fasse nuit et le stress causé par notre fuite à travers le verger les ont marquées. L'état de Ray m'inquiète plus particulièrement. Elle ne parle presque plus, répond à mes questions par un simple mouvement de la tête ; elle semble absente.

Heureusement, qui dort dîne. Une autre expression que maman utilise parfois et à laquelle je n'ai jamais vraiment réfléchi. Ce soir, je comprends ce qu'elle veut dire : la fatigue l'emporte sur la faim. Si tu dors, tu oublies que tu n'as pas dîné.

Je rabats la banquette arrière, je me cale entre mes sœurs pour leur chanter une berceuse, et elles s'endorment contre moi.

Ray suce son pouce et gémit dans son sommeil ; elle revit certainement la scène dans le verger et notre fuite dans la nuit. Santee nous tourne le dos, sa respiration est bruyante. Quant à moi, je ne dors quasiment pas tellement je suis angoissée. Je passe une grande partie de la nuit à me demander ce que nous allons devenir. Nous ne pouvons pas rester ici, mais nous n'avons plus d'argent, donc impossible d'acheter à manger ni de faire le plein pour repartir. Sans compter qu'avec ce qu'il s'est passé chez les fermiers, le moindre étranger sera désormais suspect.

Une seule solution : faire du stop et tenter d'arriver en Californie le plus rapidement possible. Il faudra que je trouve un moyen de nourrir mes sœurs un peu plus loin ; l'idée que je n'y parvienne pas me terrifie, à tel point que je préfère ne pas y penser. Je ne pense qu'à une chose, quitter cet endroit.

4

Au petit matin, Ray n'a pas l'air d'aller mieux. J'applique ma main sur son front, comme le fait notre mère, sans détecter de fièvre.

– J'ai soif, dit-elle à plusieurs reprises.

Malheureusement, nous avons perdu nos gourdes hier soir, et hormis une demi-goulée qui restait au fond d'une bouteille dans le coffre, je n'ai rien à lui offrir.

J'observe ses yeux et c'est vrai qu'elle semble épuisée. Je pince la peau de sa main, comme nous l'a appris notre prof de SVT, pour constater que le derme reste flétri plusieurs secondes avant de reprendre sa forme initiale. C'est un signe de déshydratation. Je ne sais pas quels sont les symptômes suivants ni combien de temps nous avons pour trouver une solution, mais je sais que c'est grave, plus grave que de jeûner.

Un coup d'œil au ciel sans nuage me suffit pour comprendre que la journée nous réserve une atmosphère de fournaise.

Malgré sa petite forme, Ray réussit à marcher jusqu'à une intersection sur la route nationale, plus fréquentée que la départementale qui mène à Lyman. C'est ici que nous tenterons d'être prises en stop par une âme charitable. Même si, pour des *Native Americans*, cela relève de la mission impossible, j'espère tomber sur une mère de famille ou une grand-mère qui se laissera attendrir par trois filles sans défense, potentiellement en danger.

Mais j'ai tort de penser que les femmes seront plus sensibles à notre sort, car plusieurs nous dépassent sans un regard, ou alors un regard chargé de reproches : quel genre d'enfants sommes-nous pour traîner au bord d'une route ? Certainement des délinquantes !

L'attente sera plus longue que prévu ; je fais donc asseoir Ray et Santee à l'ombre d'un des arbustes chétifs qui ont poussé tant bien que mal. Ray s'affale sans se faire prier. Il n'est que 9 heures, mais le soleil darde déjà. Après une heure de ce régime, elle s'allonge entièrement ; Santee glisse sa propre jambe sous sa tête pour lui servir d'oreiller. Je me dis que ça ne va pas améliorer nos chances d'être prises en stop car l'image qu'elles renvoient est celle de deux vagabondes, mais je n'ai pas le cœur d'obliger Ray à rester debout.

Au bout de deux heures, nous ne sommes toujours pas parvenues à apitoyer le moindre conducteur. Je commence à paniquer. Si nous ne trouvons pas rapidement refuge à l'intérieur d'une voiture climatisée... Je n'ose imaginer ce qu'il pourrait nous arriver. Je ne parviens pas à prononcer les mots terribles, même pas mentalement, mais c'est bien à notre mort que je pense.

Mon Dieu, qu'est-ce que j'ai fait ? C'est entièrement ma faute.

Je jette un regard circulaire autour de nous : tout est sec et caillouteux. À perte de vue, deux couleurs prédominent : le beige de la terre et le gris des rochers. On dirait que l'une absorbe la chaleur et les autres la restituent en temps réel, comme si les rayons du soleil ne suffisaient pas !

Je saisis mon téléphone. Je peux encore appeler Samantha Leaf. Elle nous aidera ; elle enverra des secours.

Ma langue cherche désespérément de la salive contre mon palais pour l'envoyer au fond de ma gorge. En vain. J'ai l'impression de sucer une pelote de laine et d'avaler du sable. Une petite voix me dit que je devrais téléphoner à l'assistante sociale avant qu'il ne soit trop tard ; une autre voix m'enjoint de tenir bon, de ne pas abandonner si vite.

Je suis sur le point d'écouter la première et d'appuyer sur la touche verte de mon smartphone, quand une idée me traverse l'esprit : de l'eau, je sais où il y en a ! Elle n'est peut-être pas potable, mais au point où on en est...

Hier soir, alors que nous étions presque arrivées à la voiture, à cinq ou dix minutes d'ici donc, j'ai remarqué un tuyau d'arrosage qui serpentait le long d'un fossé, à même le sol. Il est probablement relié à une pompe qui alimente le potager de quelqu'un, dans les parages. Je sais que ce n'est pas prudent, mais si je retourne là-bas et que je perce le tuyau avec le couteau de notre père, celui qui se trouve toujours dans la boîte à gants, je pourrai en faire jaillir l'eau qu'il contient et remplir la bouteille. Il doit aussi y avoir un vieux pack de lait vide qui traîne dans le coffre.

Bien évidemment, je ne peux pas demander à Ray et Santee de fournir ce nouvel effort : revenir sur nos pas et prendre le risque de devoir courir à nouveau... Elles n'en seraient pas capables. Sans compter qu'à trois, nous serions trop facilement repérables.

En peu de mots, je leur demande de m'attendre sans s'éloigner de leur arbuste, de ne plus tenter d'arrêter une voiture, de ne monter avec personne sous quel prétexte que ce soit. Dans vingt minutes maximum, je reviendrai avec de l'eau.

– Mais si quelqu'un s'arrête ? Si c'est la police ?

– Vous êtes un peu en retrait par rapport à la route. On ne vous voit pas trop depuis la chaussée.

Je ne laisse pas le temps à Ray de pleurnicher ni à Santee de poser davantage de questions, surtout que je ne suis moi-même pas rassurée de les laisser seules. Je me redresse et file en direction de la grange.

Après avoir pris tout ce dont j'avais besoin à la voiture, j'arrive vite en vue du champ en bordure duquel j'avais repéré le système d'irrigation. J'interromps ma course pour écouter les bruits portés par le vent. J'entends le chuintement caractéristique des pneus d'une voiture sur l'asphalte, là-bas, sur la route ; les pépiements d'oiseaux que la température matinale n'a pas encore découragés de chanter ; le martèlement répété d'un objet en fer contre du bois, dans le lointain, peut-être quelqu'un qui plante un piquet à l'aide d'une masse. Je ne distingue rien ni personne, à vrai dire ; les environs sont déserts.

Je saute dans le fossé en essayant de me réceptionner sur mon bon pied. Le tuyau est là. Tout en m'accroupissant pour me rendre totalement invisible, je le coince entre mes deux genoux.

Je m'apprête à le percer, mais il est plus dur que je ne m'y attendais. La lame du couteau de mon père glisse plusieurs fois sans parvenir à traverser le plastique rigide. Je réussis à peine à l'égratigner. Je dois m'y reprendre à quatre ou cinq fois en me servant du couteau comme d'un marteau autant que d'une lame. Quand j'arrive enfin à fendre le segment sur lequel je m'acharnais, un filet d'eau apparaît. Je me redresse pour m'assurer que personne ne vient.

Les mains tremblantes de nervosité, je soulève le tuyau et positionne la bouteille dessous. Ceci a pour effet d'élargir la fente et de faire jaillir l'eau plus rapidement ; le premier litre est vite soutiré. Je renouvelle l'opération avec le pack de lait. Ce que j'ai réussi à glaner nous permettra de tenir jusqu'à la prochaine ville. Bien sûr, j'en profite pour boire abondamment à même l'orifice, et pour m'asperger les cheveux, le visage et les bras.

Après avoir vérifié au moins trois fois que la voie était libre, je reviens aussi vite que possible auprès de mes petites sœurs.

Elles sont toujours contre l'arbuste, recroquevillées pour qu'aucune partie de leur corps ne dépasse de l'ombre rachitique. De loin, je lève les bouteilles en l'air pour leur faire part de ma victoire ; elles ne réagissent même pas. En revanche, quand je suis à leur niveau, elles se ruent dessus... À commencer par Ray qui avale un quart de litre d'un coup. Je pourrais presque y retourner tout de suite. D'ailleurs, ça me fait mal au cœur de savoir que, là-bas, dans le fossé, l'eau coule toujours du système d'irrigation éventré.

Une fois que je suis rassurée sur la santé de Ray, qui a repris des couleurs, je me réinstalle au bord de la chaussée en attendant une voiture. Mes sœurs reprennent également leur place au pied de l'arbuste.

Une heure supplémentaire s'écoule, infructueuse. Je me retiens d'insulter les gens qui nous regardent sans s'arrêter. Le soleil tourne en montant dans le ciel, laissant de moins en moins d'espace à l'ombre projetée des feuilles qui abritent Ray et Santee. Il est vraiment temps que quelque chose se passe ! Que quelqu'un nous laisse monter dans son véhicule ! Même l'arrière d'un fourgon à bestiaux ferait l'affaire !

Mon capital de courage et d'optimisme est presque épuisé, à vrai dire je suis au bord des larmes, quand une voiture se range enfin sur le bas-côté. Mes sœurs se sont levées, mais je leur ordonne de rester où elles sont pour l'instant. Puis, je m'élance en direction du véhicule, un vieux pick-up tellement rouillé qu'on devine à peine qu'il a été bleu. L'homme qui le conduit porte un chapeau de cow-boy d'où dépassent des cheveux blancs ; il se penche pour ouvrir la portière. Un chien, jusque-là couché sur la banquette, dresse la tête et imite son maître ; il met ses deux pattes sur le rebord de la vitre et me dévisage. J'ai un mouvement de recul. Le conducteur lève tout de suite une main rassurante.

– Il ne te fera pas de mal. Il n'y a pas plus gentil sur terre que Max. Quant à moi, je suis un shérif à la retraite, dit-il avec des yeux rigolards. Tu n'as rien à craindre.

J'en reste bouche bée. Nous nous sommes jetées dans la gueule du loup. Le vieil homme a effectivement l'air très gentil, tout comme son chien, mais un flic reste un flic, à la retraite ou pas. Il va nous emmener directement au poste de police et nous livrer à ses collègues.

L'ancien shérif jette un coup d'œil dans son rétroviseur et désigne mes sœurs du menton :

– Où est-ce que vous allez comme ça ?

Sa grosse moustache grise tremble quand il parle.

– À... À Sacramento.

– Sacramento ? Eh bien, vous n'êtes pas rendues ! Je ne peux pas vous emmener bien loin, mais je peux vous rapprocher. Je vais à Evanston.

J'hésite. Je fixe le vieux monsieur. Je ne veux pas l'offenser, mais je ne veux pas non plus lui faire confiance de façon aveugle. J'essaie de deviner si ses intentions sont pures. Je suis responsable de mes petites sœurs, et je sais que monter dans la voiture d'un étranger n'est pas prudent. En même temps, nous allons mourir de soif si nous n'acceptons pas son offre.

Comme s'il avait deviné mes pensées, il ajoute :

– Il fait trop chaud pour rester en plein soleil dans ce désert, surtout avec la petite. Montez, je t'assure qu'il ne vous arrivera rien.

Sa voix est franche et rassurante, le chien a l'air content à l'idée d'avoir de la compagnie. J'appelle mes sœurs et j'ouvre la portière pour les laisser monter.

– Oh, un chien ! s'exclame Ray.

– Il s'appelle Max, répète le monsieur à l'intention de Ray et Santee. Et moi, Roger.

– Quel âge il a ?

– Trois ans.

– Et moi, j'ai six ans ! déclare Ray avec autant de naturel que d'enthousiasme.

– Tu es donc plus âgée que lui. J'espère que tu es aussi plus raisonnable, parce que Max est encore un peu foufou par moments, comme tu vas peut-être le constater.

Mes sœurs montent dans le camion sans hésitation. Ray se jette sur Max pour le caresser. Le chien se met à lui lécher les doigts et à lui mordiller les poignets, ce qui la fait éclater de rire.

– Alors ? dit Roger en redémarrant. Qu'est-ce que trois jeunes filles font au milieu de nulle part ?

– Je vous l'ai dit, nous nous rendons à Sacramento.

– À pied ?

Il est peut-être à la retraite, mais il a gardé de son métier de policier la désagréable habitude de poser des questions.

– On est tombées en panne d'essence.

– Vous voulez que je vous emmène à une station-service ?

Je baisse le menton pour dire, presque dans un murmure :

– Nous n'avons plus beaucoup d'argent.

Le monsieur hoche la tête. Il a compris dans quelle situation nous nous trouvons.

– Et vous venez d'où sans indiscrétion ? dit-il en tendant à Santee la bouteille d'eau qu'elle reluquait depuis un moment.

– De Pine Ridge.

– La réserve lakota ?

J'acquiesce.

– Qu'est-ce que vous allez faire à Sacramento ?

Son interrogatoire commence à m'énerver.

– Rejoindre notre mère. Et vous, qu'est-ce que vous allez faire à Evanston ? je réplique pour faire cesser la cascade de questions.

Il sourit sous sa moustache, comme si ma réponse-question l'amusait. Mais au moins, il a compris, car il n'insiste pas.

– Ma femme et moi vivons à Evanston. Enfin, à côté. Je reviens de Green River où je suis allé chercher du matériel pour notre ranch. Je suis à la retraite, mais nous avons quelques têtes de bétail.

– Tu as des vaches ? demande Ray, émerveillée d'être en présence d'un authentique cow-boy.

– Oui, répond Roger en lui passant une main dans les cheveux.

Je déteste quand les gens font ça. Ma petite sœur n'est pas un toutou. Elle, en revanche, ne s'en offusque pas ; elle continue à questionner Roger.

– Et tu as des enfants, aussi ? demande-t-elle.

Roger éclate littéralement de rire.

– J'adore mes vaches, mais je n'irais pas jusqu'à les considérer comme mes enfants. Pour répondre à ta question, non, Amy et moi n'avons pas eu d'enfants. Malheureusement.

– Pourquoi ?

– Ray, je la reprends. Ça ne se fait pas de...

– Il n'y a pas de mal, me coupe Roger. Elle a raison de poser des questions. Ça ne me dérange pas, moi.

Il me fait un clin d'œil. Je saisis l'allusion. Ce vieil homme est décidément plus malin qu'il n'en a l'air. Je commencerais presque à l'apprécier. Mais nous ne sommes pas là pour faire amies ami avec lui. Aussi, je change de sujet :

– Vous pourrez nous laisser sur la nationale ? On voudrait poursuivre notre chemin.

– Bien sûr. Je dois faire des courses au Walmart. C'est à côté d'un grand échangeur. Vous aurez plus de chances d'être prises là-bas parce que les gens sont obligés de s'arrêter au cédez-le-passage.

Je reste sur mes gardes jusqu'au bout, mais le monsieur nous dépose à l'endroit convenu sans faire allusion à la police, sans chercher à nous tirer davantage les vers du nez.

Santee et moi descendons. Ray se met presque à pleurer au moment de quitter Max. Elle le serre contre elle en lui faisant des tas de bisous. Je suis obligée de la tirer en arrière pour la forcer à descendre.

Toutes les trois saluons Roger, puis nous regardons le pick-up bleu s'éloigner.

– Il était gentil, ce monsieur, dit Santee.

Je la fixe droit dans les yeux parce que je connais ma sœur cadette : elle ne s'exprime jamais au hasard. Qu'est-ce qu'elle veut me signifier par là ? Elle soutient mon regard, mais n'ajoute rien. Bon, il faudra que je devine ses intentions toute seule... Ou ça sortira plus tard, au détour d'une autre conversation.

– Max, surtout, était gentil, conclut Ray, des trémolos dans la voix.

Je ne fais aucun commentaire et je me remets à faire du stop.

Un quart d'heure. Une demi-heure.

Sans succès. Aucune voiture ne s'arrête. Si bien que, une heure plus tard, nous voyons revenir notre chauffeur, avec des provisions pour au moins un mois à l'arrière, sur le plateau de son pick-up.

Il s'arrête à notre niveau. Pas besoin de klaxonner pour attirer notre attention, les aboiements de Max nous auraient averties. Ray bondit de joie en scandant le nom de Max, Max, Max !

Puis, Roger fait semblant de consulter sa montre et nous lance, un brin moqueur :

– Vous devez commencer à avoir faim.

Je hausse les épaules, pas certaine de savoir ce qu'il faut répondre à cela. Je vois qu'il baisse les yeux en direction de Ray et qu'il lui fait le même clin d'œil, en plus complice, qu'il m'a fait tout à l'heure. Décidément, c'est son mode de communication.

Ray fait oui de la tête en se caressant l'estomac. L'homme lui sourit avant de dire :

– Voilà ce que je vous propose. J'appelle ma femme pour la prévenir que nous serons cinq à table aujourd'hui, afin qu'elle mette au four le meilleur poulet fermier de votre vie. Avec un peu de chance, il restera des cardes d'hier, en provenance directe du jardin. Vous m'en direz des nouvelles.

– Nous sommes attendues à Sacramento le plus tôt possible, je dis.

– Je sais, mais telles que vous êtes parties, vous ne serez jamais prises en stop. Ce n'est pas trop dans les mentalités par ici. Et puis, vous ne pouvez tout de même pas abandonner votre voiture à Lyman ! Vous pourriez profiter d'un bon repas et on prendrait le temps de réfléchir.

– Réfléchir à quoi ?

– À une solution pour vous faire arriver à bon port. Mais au moins, vous auriez le ventre plein et un toit au-dessus de la tête, parce qu'il va faire chaud cet après-midi.

Voyant que j'hésite, il ajoute :

– Si j'étais vous, je ne raterais pas une telle occasion. Elle ne se représentera pas deux fois.

Le moteur tourne toujours et les feux de détresse clignotent. C'est comme si la voiture nous disait « Décidez-vous ! On ne va pas rester là pendant des heures ! ». Santee et Ray m'observent, attendant que je dise quelque chose. Je sens qu'elles ont envie de monter dans la voiture de Roger, mais je reste leur grande sœur et elles suivront mon opinion quoi que je décide.

La proposition est tentante, mais je la trouve aussi vexante. Je voulais prouver à mes sœurs que je pouvais nous emmener jusqu'en Californie.

Je jette un coup d'œil à Ray. Je la vois se tortiller de faim, de soif et d'inquiétude, pas rassurée à l'idée de devoir continuer à faire du stop ; épuisée par deux nuits inconfortables, aussi.

Et puis je plante mon regard dans celui de Santee, comme pour l'interroger en silence. Elle semble dire « Au moins, le monsieur, on le connaît un peu et il ne nous a pas fait de mal jusqu'à présent ».

C'est vrai que Roger a l'air sincère. C'est une chance qu'il ne faut pas laisser passer par orgueil. La fierté, c'est bien, mais l'orgueil, qui n'en est pas éloigné, peut être stupide.

Je dois reconnaître que j'ai peur aussi. J'ai vu assez de films dans lesquels les victimes d'un tueur en série, des femmes la plupart du temps, montent de leur plein gré dans le véhicule de leur kidnappeur. Je ne voudrais pas embarquer mes sœurs dans ce qui pourrait se révéler un piège.

J'essaie de me rassurer : on est en plein jour, et nous sommes trois. Je resterai près de la portière, au cas où, et je crierai à l'aide si jamais...

Surtout, je sens que nous sommes au bord de l'évanouissement tellement nous sommes à bout de forces. Je n'ai pas le choix ; c'est maintenant une question de vie ou de mort.

– D'accord, je dis.

Mes sœurs bondissent à bord du camion sans se faire prier. Santee dissimule son soulagement mais Ray, elle, affiche un franc sourire en s'installant à côté de Max. Elle n'a même pas besoin qu'on lui rappelle d'attacher sa ceinture.

– À propos, il serait temps que je connaisse vos prénoms ! Toi, si j'ai bien compris, ta sœur t'a appelée Ray. Et vous autres, c'est quoi vos petits noms ? dit-il en se tournant vers Santee et moi.

– Moi, c'est Bearfoot, dis-je. Et elle, c'est...

– Santee.

Roger approuve de la tête.

– Eh bien, Bearfoot, Ray et Santee, je suis enchanté de faire votre connaissance. En route.

Pendant le trajet, Roger nous parle de son ranch et de sa femme, Amy. Il cherche à savoir pourquoi je porte un nom indien et pas mes sœurs. Je lui explique que c'est fréquent dans notre tribu ; le nom lakota est souvent déterminé par les événements de la vie, heureux ou malheureux. Il arrive même que quelqu'un en change, selon la tournure que prend son existence. Roger hoche la tête d'un air intéressé mais ne me pose pas davantage de questions.

Nous traversons Evanston, une ville comme il y en a des milliers aux États-Unis, d'après Roger. À plusieurs reprises, celui-ci salue des personnes que nous croisons, ce qui me rassure car ces gens nous ont vues à bord de son pick-up. Un assassin serait plus discret et éviterait de parader en ville aux côtés de ses futures victimes.

La voiture file ensuite entre de grands champs le long d'une rivière, avec des collines rocheuses de part et d'autre de la plaine. Après quelques kilomètres, Roger ralentit et s'engage sur un chemin de terre.

– On y est, dit-il.

On découvre une immense maison tout en longueur, une grande cour en terre battue avec des bâtiments au fond... Des granges aux parois de bois et au toit de tôle ondulée. La plus ancienne ressemble à celles que l'on voit dans les westerns, la plus récente à une usine moderne.

– C'est là que logent mes vaches. Ce sont des laitières, ce qui est plutôt rare dans le Wyoming. J'en ai cinq cents.

– Cinq cents ! répète Santee.

– Wow, renchérit Ray sans trop savoir ce que cela représente.

Roger sourit et dit :

– Ce n'est pas grand-chose pour la région. Cela fait de moi un petit éleveur, en fait.

Ray et Santee écarquillent les yeux. Je suis moi-même impressionnée.

– Et tous ces champs, ils sont à vous ? je demande.

– Oui et non. J'en possède certains, j'en loue d'autres, pour faire du foin et de l'ensilage, et nourrir mes bêtes.

Il y a aussi des carcasses de voitures un peu partout sur le terrain, dans différents états de décomposition.

Au moment où Roger coupe le moteur, une femme plutôt grosse apparaît sur le pas de la porte. Il n'a donc pas menti : il est effectivement marié et son épouse nous attendait.

Max échappe aux bras de Ray, pourtant serrés très fort autour de son poitrail, et bondit hors de la fenêtre sans attendre que nous ayons ouvert la portière.

– Amy, je te présente Bearfoot, Santee et Ray, annonce gaiement Roger. Mesdemoiselles, je vous présente Amy Lehrer, la femme la plus redoutée de l'Ouest.

Ladite Amy éclate de rire et nous accueille en écartant les bras.

– Soyez les bienvenues, les enfants.

Je tique en entendant le mot « enfants », car il laisse entendre qu'un coup d'œil a suffi à Amy pour comprendre que je ne suis pas majeure. Mon inquiétude est dissipée par l'odeur de poulet rôti qui assaille nos narines dès que nous entrons dans la maison. Ray se lèche les babines, Santee s'émerveille de voir la table mise. Quant à moi, j'avoue avoir du mal à imposer le silence à mon estomac.

– Allez, à table, nous lance Roger.

– Teu teu teu, on se lave les mains d'abord, dit Amy en fronçant les sourcils à l'intention de son mari.

Celui-ci nous regarde en adoptant l'air d'un petit polisson pris sur le fait. Ray éclate de rire et me glisse à l'oreille :

– Il se fait gronder.

Je hoche la tête, heureuse de voir ma sœur s'amuser de tout cela. Santee affiche un air radieux, visiblement en confiance chez Amy et Roger.

Roger avait raison, c'est le meilleur poulet que nous ayons mangé depuis longtemps. Amy nous a servi de délicieuses salades mexicaines dans des ramequins en entrée, la viande était accompagnée de légumes frais du jardin, et le dessert était fait maison.

Mes sœurs sont aux anges, mais je n'arrive pas à me détendre complètement. Tout le monde à part moi semble l'oublier, mais nous avons de la route, et toujours pas de solution. Roger et Amy plaisantent, nous racontent des histoires de cow-boys où il est question de veaux et de chutes de cheval.

– C'était le bon vieux temps, dit Roger en passant une main affectueuse dans le dos d'Amy. Aujourd'hui, je me briserais le dos si je tentais de réaliser les acrobaties que je faisais à l'époque.

– Aujourd'hui, tu arrives tout juste à monter sur un tracteur, alors j'imagine sur un cheval !

– Hey !

Nous rions toutes de l'air offusqué qu'a pris Roger. C'est vrai qu'il est vieux, mais pas à ce point tout de même.

En guise d'excuses, Amy se lève pour l'embrasser dans le cou. Je surprends le regard effaré de mes sœurs, pas habituées à ce genre d'épanchement entre un homme et une femme… Pas habituées à voir un homme et une femme à la même table, tout court. Un instant, je médite cette triste vérité : nous n'avons pas connu une vie de famille normale. Cela ne m'a pas manqué dans la mesure où nous n'avons jamais eu d'autre exemple que celui d'une famille de filles avec à sa tête, notre mère. Mais à cet instant précis, je me dis que ça doit être chouette, d'avoir des parents qui s'aiment. Mes sœurs sont peut-être en train de se faire la même réflexion.

Une fois le repas terminé, Roger nous demande si nous sommes d'accord pour l'aider avec les vaches, quand nous aurons débarrassé et passé un coup de balai. La table de la salle à manger est nettoyée en un temps record, et Ray et Santee sortent aussitôt dehors.

Je ne suis pas comme elles. Je ne parviens toujours pas à profiter de ces moments de répit. L'après-midi avançant, je recommence à m'impatienter. Roger a dit qu'on devait profiter du déjeuner pour réfléchir, mais je ne vois rien venir pour l'instant. Il agit comme si c'était naturel que nous soyons là et évident que nous serons encore là le soir venu, et que nous passerons la nuit ici. Mais ça n'est pas évident pour moi ! Pas question que je me laisse endormir par la gentillesse du couple et l'ambiance joyeuse de l'après-midi.

À un moment donné, j'entraîne Roger à l'écart et je lui fais part de ma contrariété : l'après-midi file, il est temps de nous ramener au bord de la nationale pour que nous continuions notre route.

– Restez encore ce soir, plaide-t-il.

– Mais...

– Nous avons plein de chambres inoccupées, vous pouvez dormir ici cette nuit.

Je fais non de la tête. Au fond de moi, j'ai toujours peur que Roger et Amy soient en train de nous amadouer pour mieux nous dénoncer à la police. Pourtant, il n'y a aucune malice dans les yeux de Roger, que de la gentillesse, alors qu'il essaie de me convaincre :

– Demain, à la première heure, on ira chercher un gallon d'essence à la station-service, on se rendra à votre voiture, je vous paierai le plein et vous repartirez.

Mais je garde un air buté.

– On a le temps de faire tout ça aujourd'hui, je dis.

Alors Roger insiste :

– Regarde comme tes sœurs sont heureuses ! Laisse-les souffler un peu et profiter de la ferme.

Mes yeux suivent le bras de Roger qui pointe en direction de Ray et Santee. C'est vrai qu'elles s'amusent comme je ne les ai pas vues s'amuser depuis... Je crois que je ne les ai jamais vues aussi enjouées.

– Nous ne voulons pas abuser de votre hospitalité, je prétexte.

Ni le ton que j'ai employé ni mon argument ne sont convaincants. Je le sais. Roger l'a senti. Il a gagné la partie.

– Vous n'abusez nullement. Ça nous fait plaisir de vous avoir, à Amy et à moi, ajoute-t-il.

– Bon, d'accord, dis-je en soupirant.

Roger pose sa grosse main sur mon épaule. Et c'est tout. Il n'en rajoute pas. Son geste veut dire « C'est bien, tu prends la bonne décision », mais il signifie aussi « Tu te préoccupes de tes sœurs, je comprends ». Et cela me plaît.

J'ai donné mon accord à Roger pour que nous passions la nuit ici, mais l'inquiétude ne me déserte pas pour autant. J'essaie juste de la dissimuler à Ray et Santee. Celles-ci prennent un tel plaisir en aidant Roger à nourrir les génisses, en montant sur le tracteur et en se roulant dans le foin.

Puis, l'heure du goûter approchant, je commence moi aussi à avoir envie de me laisser aller. Je rejoins Amy dans la maison pour lui donner un coup de main. Nous préparons des compotes avec les dernières pommes ramassées l'an dernier et conservées sur des claies dans leur cellier. Cela me fait repenser à notre fuite dans le verger du paysan qui nous a tiré dessus. Tout paraissait tellement compliqué ce matin et tout paraît si simple ici, avec Amy et Roger.

Les activités de fermières se poursuivent pour Santee et Ray jusqu'au soir.

Après une bonne douche, nous mangeons le deuxième meilleur repas de notre existence.

Puis c'est le rituel du coucher. Mes sœurs babillent en se lavant les dents. Le ventre plein, ça ne les inquiète pas du tout de dormir chez des inconnus.

À un moment donné, Ray réclame maman ; elle est sur le point de pleurer. Je m'y attendais. Alors, je la serre très fort dans mes bras, et nous nous installons toutes les trois dans le même lit.

– Tant que notre maman n'est pas revenue à la maison, c'est moi ta maman. D'accord ?

Chez nous, les *Native Americans*, ça marche comme ça. La notion de famille est à géométrie variable. On appelle nos tantes *maman* ; un oncle a la même autorité qu'un père ; un cousin, même éloigné, peut faire office de parent. Si l'un des membres de la tribu est déficient, un autre prend le relais. C'est une question de survie.

En ce qui nous concerne, malheureusement, nous ne pouvons compter sur personne d'autre que nous-mêmes. Ray n'a donc aucune raison de ne pas prendre au sérieux ce que je lui propose. D'ailleurs, je la vois faire un effort pour retenir un sanglot. Puis, elle acquiesce.

– Pourquoi maman ne nous appelle pas ?

C'est Santee qui a parlé. Elle a raison : l'assistante sociale a informé notre mère de notre disparition. Maman aurait dû tenter de nous avoir au bout du fil ! Pourtant, ce n'est pas faute d'avoir conservé mon téléphone portable en mode sonnerie et dans la poche arrière de mon jean toute la journée ! Qu'est-ce qu'elle fout ? Il est 22 heures, trop tard pour espérer un appel maintenant. Est-elle à ce point en colère qu'elle ne veut pas nous parler ? Je l'imagine furieuse contre moi et rongée par la frustration de ne plus rien contrôler depuis quelques jours, mais j'ai du mal à croire qu'elle choisisse de nous ignorer.

Il faudra bien que nous ayons cette conversation... Je la redoute, d'ailleurs, car je vais me faire gronder comme jamais auparavant – de toute ma vie, je n'ai pas désobéi une seule fois à notre mère –, mais j'ai tant besoin d'entendre sa voix ! Et je sais qu'il en est de même pour mes sœurs.

Il faut que je la persuade que j'ai fait le bon choix, même si je n'en suis pas tout à fait convaincue moi-même. Si je parviens à trouver les mots, elle comprendra le traumatisme que représenterait une séparation entre mes sœurs et moi, surtout après son incarcération. Cela nous détruirait. Je veux aussi qu'elle se rende compte que je suis peut-être en train de créer l'occasion pour ses filles d'échapper à l'environnement toxique de la réserve.

Et si malgré mes explications elle refuse de prendre conscience de ce que cela signifie pour nous, je suis prête à l'envoyer paître... Car, après tout, c'est elle qui est responsable de notre situation ! C'est elle qui s'est enivrée et fait mettre en prison, pas moi ! C'est donc à elle qu'il incombe de trouver une solution au problème qu'elle a créé, pas à moi !

Je fais peut-être preuve d'ingratitude en raisonnant ainsi, mais c'est ce que je ressens. Je l'aime de tout mon cœur et je lui suis reconnaissante de la façon dont elle nous a aimées et éduquées, mais il y a aussi de la colère au fond de moi. Une colère injuste peut-être, mais une colère bien réelle qui me donne envie de crier que je n'ai pas demandé à venir au monde ! Mes sœurs non plus ! Nous n'avons jamais voulu être des Indiennes dans une Amérique raciste qui nous a parquées dans des prairies stériles. Alors qu'on ne nous empêche pas de prendre notre destin en main ! Puisque ni mon père ni ma mère n'ont été à la hauteur, il faut bien que nous nous battions pour avoir une vie meilleure. Si ma mère cherche à m'imposer sa volonté depuis sa cellule, je lui répondrai qu'elle est mal placée pour donner des leçons.

Il est naturel qu'elle s'inquiète de nous savoir sur la route, sans chaperon, mais j'espère qu'elle me fera confiance pour protéger mes sœurs, et qu'elle sera fière de moi, de nous.

– Elle n'a certainement pas eu le droit de passer un coup de fil, dis-je à Santee. Elle vient d'arriver au pénitencier ; j'imagine qu'il y a une procédure, que cela prend du temps avant qu'on vous assigne une cellule et qu'on vous explique le fonctionnement de la prison.

Santee acquiesce en réprimant une larme. Je l'entends déglutir comme la grande fille qu'elle veut être, et qu'elle sait être. Je l'aide à s'apaiser en la serrant très fort dans mes bras. Ray dort déjà.

Le temps que Santee prenne sa place dans le lit, et le calme descend sur la chambre.

Ai-je le droit de fermer les yeux ou dois-je monter la garde ? Un instant, je me pose la question.

Mais la lumière de la lune filtre à travers les rideaux, les beaux draps blancs sentent la sauge sauvage, j'entends les respirations régulières de mes sœurs... À mon tour, je me relâche complètement.

5

Mes sœurs dorment encore à poings fermés quand je descends à la cuisine. Il est tôt et je pense être la première, mais Roger et Amy sont déjà levés.

– Bonjour, je dis en entrant dans la lumière du matin.

– Bonjour, jeune fille, me lance Roger d'un air joyeux. Bien dormi ?

Il est en train de boire un café fumant et de regarder les informations sur une chaîne locale. Il baisse le son de la télévision sans l'éteindre.

– Comme un loir, je réponds.

– Bonjour Bearfoot, me dit Amy.

Elle abandonne un instant ce qu'elle était en train de faire pour se lever et me prendre dans ses bras. Puis, elle me saisit par les épaules et dit :

– Assieds-toi.

J'obéis et je m'installe à la même place que la veille, face à Roger.

– Tu as déjà tes habitudes, me fait remarquer Amy.

Je ne trouve rien à répondre. C'est vrai que je pourrais facilement me sentir chez moi, chez eux.

– Pancakes ? me propose-t-elle.

– Miam, je fais.

– Café, thé ?

– Café, s'il vous plaît.

– Lait, sucre ?

– Les deux, s'il vous plaît.

À aucun moment Amy n'a cessé de sourire. L'air de rien, elle s'active pour satisfaire les besoins de tout le monde. Il n'y a pas à dire, elle sait recevoir.

– Et tes sœurs ? demande Roger. Max s'impatiente !

Le border collie, couché sur sa couverture, dresse une oreille à l'évocation de son nom. Je souris alors qu'Amy verse une louche de pâte dans une poêle. Le beurre se met immédiatement à frétiller et à embaumer.

– Elles dorment encore.

– L'air de la campagne leur fait du bien.

– Vous savez, Pine Ridge n'est pas exactement une grande ville.

– Pas faux.

Roger porte sa tasse à ses lèvres. Je devine son sourire. Je sens que c'est le genre d'adulte qui apprécie qu'on ait le sens de la repartie, pourvu qu'on réponde comme je le fais, sans agressivité.

Je regarde par la fenêtre pour voir le temps qu'il fait dehors ; le ciel est aussi bleu qu'hier, comme si la nuit n'y avait rien changé.

C'est à ce moment que je réalise que notre voiture se trouve dans la cour.

Je bondis sur mes pieds, ce qui fait se redresser Max.

– Vous êtes allés chercher notre voiture ?

– Oui, mademoiselle, me dit Roger. Le plein est fait.

– Mais... Quand ?

– Ce matin très tôt.

– Tu sais, les vieux, ça dort peu, précise Amy en se moquant d'eux-mêmes.

Je suis tellement surprise que j'en oublie presque de rester polie.

– Mais... Les clefs, comment avez-vous fait pour... ?

– Tu les avais laissées dans l'entrée.

– Merci, je dis timidement.

– Je te l'avais promis, dit Roger. Une promesse doit toujours être tenue.

Je me rassieds, incapable d'ajouter quoi que ce soit. Tout ce qui me vient à l'esprit est une question : « Pourquoi faites-vous tout cela pour nous ? Pourquoi êtes-vous si gentils avec nous ? » Bien sûr, je ne la leur pose pas. J'aurais trop peur de la réponse qu'ils pourraient me faire. Je suis facilement gênée quand les conversations deviennent trop personnelles, surtout avec les adultes.

J'en ai les larmes aux yeux. Notre mère nous a appris à nous méfier des Blancs, mais sait-elle que de telles personnes existent ?

Heureusement, Santee descend à son tour et me sauve d'un moment embarrassant. C'est moi qui l'aperçois en premier au bas de l'escalier.

– Hey, petite souris, lui dis-je en ouvrant mes bras pour qu'elle vienne se blottir sur mes genoux.

Santee n'est pas très câline le reste de la journée. Il n'y a que le matin, au sortir du lit, que j'arrive à lui arracher quelques instants de tendresse. Elle et moi nous adorons, je n'ai aucun doute là-dessus, mais elle n'exprime jamais ses sentiments par des embrassades ou des démonstrations de ce genre. Aussi, pendant les cinq minutes qu'elle m'accorde avant de se jeter sur ses céréales, j'en profite pleinement.

Roger et Amy nous regardent discrètement sans rien dire, attendris et en même temps soucieux de ne pas nous déranger. Je me dis que c'est vraiment dommage qu'ils n'aient pas eu d'enfants, parce qu'ils auraient fait de super parents. Cette maison aurait été la maison du bonheur, c'est certain.

– J'ai faim, finit par dire Santee.

Je comprends que le temps de câlin qui m'était imparti est terminé. Je la laisse descendre de mes genoux et s'installer sur sa chaise.

– Qu'est-ce qu'on dit, Santee ?

– Bonjour, dit-elle tout en coinçant une mèche de cheveux bruns derrière son oreille.

Amy et Roger répondent en chœur.

– Bonjour.

Et Amy lui pose les mêmes questions qu'à moi, sauf qu'au lieu de thé ou de café, elle lui donne à choisir entre un chocolat chaud et un jus d'orange.

– Je peux avoir les deux ?

Nous éclatons tous de rire.

– Dormir donne soif, pas vrai ?

Santee, les yeux encore gonflés de sommeil, fait oui de la tête.

Quelques minutes plus tard, c'est au tour de Ray d'émerger, sauf qu'elle est trop petite pour oser descendre seule. Je l'entends m'appeler depuis la chambre et je monte sans tarder parce que j'imagine qu'elle a peur, là-haut, sans ses sœurs, dans un lieu inconnu.

Elle saute sur mon dos et s'agrippe comme un singe à mon cou, et c'est ainsi que nous faisons notre entrée dans la cuisine.

Cette fois, Roger se lève pour attraper une grosse encyclopédie dans la bibliothèque du salon et la caler sur la chaise de Ray.

– Et voilà, annonce-t-il à Ray, tu as grandi de dix centimètres pendant la nuit !

Ray rigole, déjà de bonne humeur.

– Moi aussi je peux avoir des pancakes ?

Je suis la grande sœur ; même si Ray est un peu perturbée par la situation particulière dans laquelle nous nous trouvons, je suis obligée de la rappeler à l'ordre :

– On ne réclame pas !

– Pardon, dit-elle en prenant un air penaud.

– Laisse donc, dit Amy.

Ray, percevant qu'elle a une alliée en la personne d'Amy, revient à la charge.

– Alors, je peux ?

– Ray !

Cette fois, j'ai tapé du poing sur la table. Amy s'approche d'elle, une spatule à la main, et se penche pour murmurer à son oreille :

– Oui, tu peux en avoir. En revanche, je n'ai pas entendu le mot magique.

Ray répond tout bas en souriant avec malice :

– S'il te plaît.

– Ah, c'est mieux ! Bois ton jus d'orange pendant que je m'en occupe.

Je ne peux m'empêcher de penser à maman. Ce moment ressemble à un dimanche à la maison, lorsque nous étions encore réunies. Notre mère aussi savait susciter la joie et la bonne humeur autour d'elle. C'est comme si, faute de mari, elle avait donné tout son amour à ses enfants. Je ne m'explique pas pourquoi elle ne s'est jamais remise avec quelqu'un ; comment aucun homme n'a vu la femme formidable qu'elle était. On riait beaucoup, en sa présence.

Je me rends compte que je parle d'elle au passé. Peut-être parce que nous ne sommes pas près de revivre de tels petits déjeuners en famille. Ma mère, en se faisant arrêter pour conduite en état d'ivresse, a brisé quelque chose. J'ai peur que ce ne soit définitif, je crains de ne jamais pouvoir lui pardonner. Ce qu'elle a fait était si stupide !

Amy est-elle consciente de nous offrir une miraculeuse parenthèse de bonheur ? Elle retourne au fourneau et Roger monte le son de la télévision pour écouter les prévisions météorologiques.

– Eh bien, vous n'allez pas avoir froid sur la route ! déclare-t-il. D'autant que j'ai remarqué que la climatisation ne marchait pas dans votre vieille guimbarde.

Je préfère éviter les sujets en rapport avec notre voyage, la voiture *et cætera*. Depuis hier, je redoute le moment où Roger demandera à voir mon permis de conduire ou posera des questions trop précises à Ray au sujet de notre maman qui, soi-disant, nous attend à Sacramento. D'ailleurs, ça ne manque pas. La remarque suivante de Roger n'en est pas une, c'est une question.

– Au fait, à quelle heure partez-vous ? Vous ne devriez pas tarder si vous ne voulez pas rouler avec les grosses chaleurs.

– Vous avez raison. Dès que nous aurons fini de petit-déjeuner, nous prendrons la route.

– Déjà ? s'écrie Ray.

– Tu as entendu ce qu'a dit Roger. Il va faire chaud aujourd'hui.

– On ne pourrait pas rester encore un petit peu ? supplie-t-elle.

– On ne vous chasse pas, dit Amy.

– Je sais bien. Et nous vous remercions pour votre accueil, mais nous devons vraiment y aller. Notre mère nous attend.

– Vous allez où, exactement ?

Ça y est, nous y sommes. C'est *la* question que je voulais éviter.

– Nous ne savons pas. Notre mère a changé de situation, elle vient de s'installer là-bas. Nous la rejoignons.

– Mais, maman elle est... Eh !

J'ai envoyé un grand coup de genou à Ray pour la faire taire. Le problème, c'est que Santee a fait la même chose de son côté, ce qui l'a fait sursauter et crier.

Roger n'a pas relevé, mais il a tout vu. Amy et lui se doutent qu'on ne leur a pas tout dit, mais ils ne semblent pas avoir l'intention de s'opposer à notre départ, sinon ils ne seraient pas allés chercher notre voiture et n'auraient pas mis de l'essence dans le réservoir.

À ce propos, Roger donne quelques explications supplémentaires.

– J'ai fait le plein et j'ai aussi mis trois containers d'eau sur la banquette arrière.

– Il ne fallait pas, Roger. C'est très gentil, mais ça me gêne...

– Ne dis pas de bêtise.

– Et tenez.

Cette fois, c'est Amy qui a plongé sa main dans la poche de son jean pour en extraire une enveloppe.

– De quoi tenir jusqu'à Sacramento, précise-t-elle.

Je rougis et j'évite de croiser son regard alors que je saisis l'enveloppe. J'ai l'impression de demander la charité, mais je suis consciente que mes sœurs et moi ne sommes pas en mesure de refuser. Je suis submergée par un mélange de sentiments : la reconnaissance face à tant de générosité, la peur de ne pas être à la hauteur... Tout se brouille.

Encore une fois, Ray me sauve.

– Qu'est-ce qu'on dit ? me sermonne-t-elle.

Roger et Amy éclatent de rire. Ce rire me réjouit et me peine en même temps, car je sens que le couple s'est beaucoup attaché à Ray, et cela me fait du bien parce que j'aime qu'on aime ma petite sœur adorée, mais cela me désole que la vie soit aussi mal faite.

– Nous vous rembourserons, je vous le promets, dis-je.

– Ne te fais pas de bile pour ça, dit Roger en se levant. Je vais devoir m'occuper des vaches. Alors, le mieux, c'est que je vous dise au revoir tout de suite.

Je suis désemparée. Je sens bien que Roger désapprouve que nous repartions. Il sait, évidemment, que je n'ai pas le permis ; il sait que notre mère ne nous attend pas à Sacramento ; mais il a aussi compris que nous n'étions pas de mauvaises personnes, et que si nous sommes en train de fuir, il ne faut pas nécessairement nous en empêcher parce que nous avons peut-être de bonnes raisons de le faire. Roger est inquiet pour nous, peut-être même un peu triste, mais il ne nous mettra pas de bâtons dans les roues. C'est pourquoi il préfère nous dire au revoir tout de suite et aller s'occuper de ses bêtes sans se retourner.

Santee s'en est-elle rendu compte, elle aussi ? Elle se jette contre lui et répond à son embrassade par un long câlin d'adieu.

Ray, moins consciente de ce qui est en train de se tramer, claque la main de Roger qui lui tend la sienne en lui disant « Donne-m'en cinq ! ». Ensuite, il lui caresse la tête. Cette fois, son geste ne me dérange pas du tout.

6

J'ai retenu le truc de l'encyclopédie utilisée par Roger pour rehausser Ray à table, et j'y ai recours pour résoudre mon problème de taille au volant. J'ai trouvé deux bouts de planche et les ai calés sous mes fesses. Ainsi, j'ai l'air moins petite et donc moins jeune dans mon siège de conductrice. Bien sûr, j'ai recouvert le dispositif d'un pull en laine polaire pour que ce ne soit pas trop inconfortable.

Les adieux avec Amy ont été plus douloureux qu'avec Roger, parce que Amy n'a pas réussi à cacher ses larmes.

Ça a surtout été dur pour Ray qui a réclamé notre maman pendant une bonne heure après notre départ, jusqu'à ce que les grimaces que faisait Santee aux voitures qui nous doublaient parviennent à lui faire penser à autre chose.

Dès que nous sommes à nouveau sur l'interstate 80, je sors de ma poche l'enveloppe qu'Amy m'a remise. Elle a écrit leur adresse dessus, ainsi que leur numéro de téléphone. « Dites-nous ce que vous devenez, de temps en temps », a-t-elle ajouté. Je sais que c'est sincère ; et j'ai vraiment l'intention de donner des nouvelles, un jour.

Je décachette l'enveloppe et découvre cinq billets de vingt dollars tout neufs. J'en ai la gorge serrée. Amy et Roger n'ont pas l'air d'être dans la misère, mais ils ne doivent pas rouler sur l'or non plus. Pourquoi font-ils tout cela pour nous ? Cent dollars, ce n'est pas rien de la part de quelqu'un qu'on ne connaît pas ou si peu. Je les imagine discuter entre eux à propos du montant à nous donner, puis passer à la banque ce matin et retirer la somme.

Je regarde mes sœurs dans le rétroviseur et me jure que je reviendrai chez Roger et Amy pour tenir ma promesse : plus tard, quand tout sera terminé, je leur rendrai cet argent. Et si je n'ai pas cent dollars, je travaillerai sur la ferme pour payer ma dette. Parole d'Oglala Lakota !

Santee a vu que je les regardais. Elle s'avance et passe son genou entre les deux sièges de devant pour pouvoir me parler sans que Ray entende.

– Tu as menti à Amy et Roger.

Santee est toujours très sérieuse, mais là, elle a pris une voix encore plus grave que d'habitude. Je sais très bien où elle veut en venir. Mais je fais celle qui n'a pas compris.

– À quel sujet ?

– Maman. Elle ne nous attend pas à Sacramento.

– Roger ne nous aurait pas laissées repartir. Tu le sais très bien. Toi-même tu as fait taire Ray quand elle a failli leur révéler que maman est en prison.

– D'accord, mais on va faire quoi, alors, à Sacramento ? Chez qui on va ?

– Je ne sais pas encore. Mais ne t'inquiète pas, je trouverai une solution...

– Qu'est-ce qu'on va devenir ? On ne connaît personne !

Santee essaie de parler à voix basse pour ne pas affoler Ray, mais elle ne parvient pas à dissimuler une crise de panique. Je jette un coup d'œil dans le rétroviseur pour vérifier que notre petite sœur est divertie par autre chose. Je vois sa tête dodeliner ; elle est en train de finir sa nuit. Ça tombe bien.

Je pose ma main sur l'avant-bras de Santee, agrippée à mon siège.

– Écoute, Santee, dis-je en chuchotant, il faut que tu te calmes. Il faut que tu m'aides en étant forte.

– Mais qu'est-ce qu'on va devenir... ?

– Arrête de geindre, je siffle entre mes dents.

Je m'en veux d'être aussi dure. Santee ne s'est pas plainte jusqu'à présent, alors que je lui en demande déjà beaucoup. Après tout, même si je la vois comme une deuxième grande sœur pour Ray, elle n'a que dix ans.

Mais je ne peux pas la laisser exprimer ses inquiétudes tout haut ; elle risque de les communiquer à Ray, qui, pour l'instant, croit encore que tout va bien. Je ne veux pas qu'elle ruine ma mise en scène.

– Je fais ce que je peux, dis-je en essayant de me faire aussi rassurante que possible. En Californie, il y a des campings pour travailleurs immigrants. Des Hispaniques.

La plupart sont sans papiers, ils sont là illégalement. Ils ne nous chercheront pas d'ennuis. Au contraire, ils nous aideront. Nous vivrons très certainement dans une caravane. Je travaillerai dans les vergers, ou dans les vignes. Ray et toi devrez rester seules pendant la journée, mais il y aura d'autres enfants, vous vous ferez des copines. Ce sera à toi de t'occuper d'elle. Donc, il faut que tu montres l'exemple.

– On va dormir dans une caravane ?

Les oreilles de Ray traînaient. À quel moment s'est-elle réveillée ? J'espère qu'elle n'a pas tout entendu, ou pas tout compris.

Le visage de Santee retrouve une expression normale : ça y est, elle se reprend. Je lui caresse la joue et lui souris. Ma sœur est forte, je suis fière d'elle. Elle se cale à nouveau sur la banquette arrière.

– Ben, où on dort quand on est en vacances ? je lance gaiement à l'intention de Ray.

– Sous une tente, répond-elle.

– Ça, c'est quand on part marcher dans la nature...

– Dans la voiture !

J'éclate de rire.

– Ça, c'est quand on *part* en vacances ! Alors, on dort où quand on *est* en vacances ? Comment ça s'appelle l'endroit où on vit quand on n'est pas chez soi ?

– Un camping.

– Un camping, bravo. Et qu'est-ce qu'il y a dans les campings ?

– Des caravanes.

– Voilà !

Ray ne se doute de rien. Pour elle, ce voyage, c'est l'aventure. Rien que le mot « vacances » en est une. Aucune de nous trois n'est jamais partie en vacances. Tout ce que nous savons des voyages, c'est ce que nous voyons à la télévision, chaque année, quand des gens racontent ce qu'ils ont fait pendant leurs deux semaines de congés d'été. Notre camping à nous, c'est Pine Ridge, et notre maison sur la réserve est moins luxueuse et moins bien équipée que certains mobile-homes ou camping-cars que l'on voit traverser les terres indiennes, l'été, lorsque débarquent les touristes blancs venus voir comment vivent les *Peaux-Rouges*. Certains utilisent encore cette expression que nous détestons, comme les Afro-Américains détestent le mot *Negro* dans la bouche d'un Blanc.

Les plus avisés nous appellent Sioux, même si ce mot n'existe pas non plus dans notre langue. C'est une invention des Tuniques Bleues – les militaires américains – qui remonte au XIXe siècle, une époque où l'armée s'est appliquée à nous exterminer, exécutant les ordres du gouvernement. Elle n'y est pas parvenue ; nous sommes toujours là... Mais dans quel état !

Nous préférons le terme de Lakotas, ou d'Oglalas Lakotas. C'est le vrai nom de notre peuple.

Une heure et demie plus tard, nous arrivons à Salt Lake City, la célèbre ville des Mormons. J'en ai toujours entendu parler sans trop savoir ce qu'étaient exactement les Mormons. Il paraît que ce sont des Blancs, mais pas comme les autres. Très religieux. Et qui vivent un peu à l'ancienne. Pourtant, l'agglomération que nous longeons sans nous y arrêter est tout ce qu'il y a de plus moderne.

Je préfère ne pas sortir de l'interstate. En ville, on se fait plus facilement remarquer. Maman me l'a souvent répété : « Tiens-toi à l'écart des grandes métropoles. Le Mal y règne. » Elle n'a jamais expliqué ce qu'elle entendait par « le Mal », c'est une notion assez floue, mais ça a suffi à m'inculquer une certaine méfiance.

Sur la route, au moins, on jouit d'une forme d'anonymat. Nous sommes tous en mouvement, donc peu susceptibles de laisser une impression à quelqu'un en particulier, pourvu qu'on se contente de rouler à la bonne allure et dans le bon sens.

C'est le cri de joie de Ray qui me sort de mes rêveries :

– Wao, la mer !

Nous venons à peine de laisser Salt Lake City, on voit encore ses gratte-ciel dans notre dos.

– Ça peut pas être la mer, hein ? me demande Santee.

– Si, regarde, c'est la mer, lui répond Ray.

Elles ont toutes les deux raison : ça ne peut pas être l'océan Pacifique, pas encore, mais l'étendue d'eau d'un très beau bleu qui s'offre à nos yeux ressemble bel et bien à une mer.

– C'est le lac salé, dis-je.

– Ah ben, oui : Salt Lake City, la ville du lac salé ! déduit Santee.

– Il est vraiment salé ? demande Ray.

– C'est ce qu'on va voir, je dis gaiement en me déportant sur la droite pour emprunter la première bretelle de sortie.

– Yes, hurle Santee, oubliant sa réserve habituelle. Oubliant ses angoisses surtout.

– On va à la mer ! renchérit Ray.

Le lac est immédiatement accessible. Nous devons parcourir moins d'un kilomètre avant d'arriver à un parking au départ d'une immense plage. Je n'ai pas coupé le moteur que Ray se détache déjà et ouvre sa portière. Santee est obligée de la retenir pour ne pas qu'elle fonce à l'eau.

– Regardez, un château ! elle hurle en se débattant.

Elle montre du doigt un immense bâtiment blanc surmonté de coupoles dorées qui ressemblent aux tours d'un château, en effet. Je n'en avais jamais vu en vrai. On se croirait dans un conte de fées qui se passerait en Europe ou sur la côte est. Les yeux de Ray pétillent. Les nôtres aussi d'ailleurs.

– On va se baigner ?

Notre petite sœur défait ses lacets et s'apprête à s'élancer sur le sable. Je regarde autour de nous : pas de caméras, pas de policiers... Il y a des gens, mais personne ne semble faire attention à nous.

– Si tu veux, mais ne cours pas sur le parking. Il y a des voitures.

Nous enlevons nos chaussures pour marcher sur le sable, qui n'en est pas vraiment.

– On dirait du sel ! s'étonne Santee.

– *C'est* du sel. Regarde, si tu fais un petit trou avec ton doigt, tu traverses la première couche et tu tombes sur le sable.

Ray s'amuse à faire craquer la croûte blanche sous ses petits pieds. Le vent est très fort. Nous peinons à avancer. L'odeur d'iode est partout. Elle se dépose sur nos lèvres et pique les yeux de Ray qui se les frotte.

– Regarde, une île aux antilopes, dit Santee en désignant un panneau qui fait la promotion d'un parc naturel, quelques kilomètres plus loin.

– C'est quoi des antilopes ? demande Ray.

– Des espèces de biches, je dis.

– On peut y aller ?

– Non, c'est payant. Et puis, je préfère qu'on évite les endroits où il y a du monde. On est bien là, non ?

Je me mets à courir en boitant vers l'eau. Ray me suit, elle a déjà oublié les antilopes. Au loin, on aperçoit les montagnes Rocheuses dont les sommets sont blancs, eux aussi, sauf que c'est de la neige qui les recouvre, pas du sel. « Qu'est-ce que c'est beau ! » je me dis. Je n'avais jamais vu les montagnes Rocheuses autrement qu'à la télévision. J'ai l'impression qu'à force de vivre dans la réserve, j'en ai oublié que j'étais américaine, moi aussi, et qu'il y avait tout un pays à découvrir... Un pays qui est le mien, et qui n'est pas si loin que cela.

– C'est dommage que maman ne soit pas là, murmure Santee dans un soupir.

À croire qu'elle a lu dans mes pensées. Maman a toujours eu trois ou quatre jobs à temps partiel, et jamais les moyens de prendre des congés. Je ne lui en veux pas ; elle fait ce qu'elle peut pour joindre les deux bouts, et tout ce qu'elle fait, elle le fait pour nous, mais parfois, j'en ai assez de cette misère. Heureusement, à Pine Ridge, on est tous dans le même cas, donc personne ne songe à se moquer de nous, mais tout de même... À certains moments, j'aimerais avoir une autre vie, d'autres chances... Une autre maman.

Ça me fait mal, et j'ai honte d'avoir de telles pensées. J'ai l'air d'être ingrate envers elle ; jamais je n'avouerais ça à qui que ce soit, mais si je veux être tout à fait honnête, c'est la vérité. Il y a des jours où j'en ai assez d'être la fille de ma mère, d'être pauvre, d'être indienne, de tenir mes sœurs à bout de bras, d'avoir leur éducation sur les épaules... Depuis quelques jours, j'ai même leurs vies entre mes mains ! Je les adore, mais elles me pèsent. Je voudrais être seule, fille unique d'un couple ordinaire, blanche dans une famille de Blancs, ne plus avoir de soucis, ne plus avoir à me demander ce que nous allons manger demain, ce qu'il va nous arriver, comment éviter la police et les services sociaux, ne plus avoir à réfléchir pour les autres... M'occuper de moi et moi seule, avoir des amies normales, assister à des matchs de football le week-end, sortir le samedi soir, faire des *pyjama-parties*, aller à des fêtes où les garçons ne seraient pas tous des délinquants ou de futurs délinquants, aller dans un chouette lycée, avoir un avenir...

Comme dans *The Partridge family* ou dans *Sept à la maison*, ces vieilles séries télévisées que nous regardons avec maman, toutes les quatre blotties dans le canapé, en mangeant des crèmes glacées. Pourquoi cette vie rêvée me serait-elle inaccessible ?

Ma mère aussi devrait avoir droit à une vie plus tranquille. Elle aussi mériterait d'être parmi nous et d'admirer les montagnes Rocheuses en train de virer au bleu avec le soleil qui monte. Au lieu de cela, son seul horizon est le mur gris de sa cellule. On ne va pas pouvoir la voir pendant un an ; je réalise qu'elle va nous manquer, qu'elle nous manque déjà, mais surtout, que nous allons lui manquer, à elle.

Dès que ses pieds touchent l'eau du lac, Ray se met à danser et hurler de joie. Santee abandonne pour de bon son masque sombre et court vers sa sœur en faisant mine de vouloir l'attraper. Celle-ci s'élance le long du rivage en criant. Mes petites sœurs ont de l'eau jusqu'aux mollets ; elles lèvent haut les genoux pour avancer plus vite, ce qui fait jaillir des gerbes d'eau. On dirait deux jeunes appaloosas jouant dans les herbes hautes.

Soudain, Santee s'immobilise et lèche ses doigts.

– Elle est salée pour de vrai ! lance-t-elle dans ma direction.

Ray cesse de courir à son tour et trempe la main dans le lac avant de la porter à sa bouche, comme elle le ferait avec un pot de beurre de cacahuète.

Je lève un pouce approbateur et hoche la tête.

– Elle est bonne, ajoute Ray, sans que je puisse dire si elle parle de la température de l'eau ou de son goût.

Toutes les deux reviennent à la hâte vers moi, se déshabillent, ne gardant que leur petite culotte, me confient leurs vêtements, et deux minutes plus tard, elles se précipitent à nouveau à l'eau, pour se baigner cette fois. Je meurs d'envie de les rejoindre, mais je préfère ne pas laisser nos affaires sans surveillance. J'ai beau ne voir presque personne sur cette plage, il suffirait que quelqu'un de mal intentionné nous ait repérées et déboule du parking pour tout nous piquer. Je suis peut-être parano, mais tout ce que nous possédons se trouve dans les poches de mon jean : les clefs de la voiture et l'enveloppe qui contient les cent dollars donnés par Roger et Amy. Si nous les perdions, notre voyage virerait au désastre. Je ne sais même pas comment nous pourrions rentrer chez nous.

Je fais un signe de la main à mes sœurs.

– N'allez pas trop loin, je leur crie. Dès que Ray a de l'eau aux cuisses, vous revenez !

Évidemment, elles ne me répondent pas. Je m'en veux de tout le temps m'inquiéter. Est-ce que c'est ça, être responsable ? Envisager le pire en permanence ? Peut-être que je suis juste un peu trop négative, ou pessimiste.

Heureusement, une partie de mon cerveau parvient à se dire : « Lâche-les. Détends-toi. Regarde comme elles sont heureuses. Profite un peu du moment présent. »

Quand elles ont fini de s'ébrouer dans l'eau, je fais un rapide aller-retour à la voiture pour en rapporter deux serviettes. Mes sœurs s'enveloppent dedans et finissent de sécher grâce au vent, toujours aussi fort, et au soleil, toujours plus chaud au fur et à mesure qu'il monte au zénith.

– Ça gratte, se plaint Ray.

– C'est le sel, lui répond Santee.

– Ça pique !

– C'est le sel, c'est comme ça.

Ray se tourne vers moi, espérant que j'aurai plus de compassion que Santee et que je ferai surgir un remède miracle pour apaiser ses démangeaisons. « La poudre de perlimpinpin », comme disait notre père en mimant le geste d'extraire quelque chose de sa poche et d'en saupoudrer mon bobo lorsque je venais de me casser la figure. Cela m'est arrivé plus d'une fois avec mon pied de travers. C'est un des rares souvenirs tendres que j'aie gardés de lui.

– Santee a raison, c'est comme ça ! dis-je avec un grand sourire. Tu ressembles à une énorme frite qu'on a envie d'attraper et de manger.

Je la serre dans mes bras et lui mordille l'épaule.

– Il ne manque plus que le ketchup !

Ray glousse et gigote dans mes bras.

– À mon tour, dis-je en défaisant la ceinture de mon pantalon. Ne bougez pas d'ici, compris ?

D'habitude, j'évite d'exposer mes jambes nues. Mon pied difforme, année après année, a entraîné une atrophie des muscles de ma jambe droite. C'est moche. Je suis moche. Mais devant mes sœurs, ça passe.

Parfois, je me demande comment je ferai le jour où... Le jour où il faudra que je me déshabille devant un garçon. D'ailleurs, je me demande si un tel jour arrivera jamais. Qui voudrait d'une fille comme moi, avec cette... chose à la place du pied ?

Heureusement, une fois que je suis immergée jusqu'aux cuisses, mon infirmité disparaît. Non seulement elle ne se voit plus mais je ne la sens plus : le lac est si salé que je flotte presque en me tenant assise dans l'eau.

À ma grande surprise, je suis bien.

7

Mes sœurs seraient bien restées jusqu'au soir au bord du lac, à jouer dans les cailloux, à s'affronter à coups de roseaux, à courir après les mouettes. Toutes ces activités me sont interdites à cause de mon pied, mais je m'amuse à les regarder s'enlacer et se faire tomber sur le sable blanc. Pour une fois, on se croirait en vacances.

Pour autant, je ne perds pas de vue que nous avons de la route, et pendant que mes sœurs batifolent, je garde un œil sur l'heure. À un moment, je devrai mettre fin à la rigolade et sonner l'heure du départ.

Quand je bats le rappel, j'apprécie qu'elles viennent à moi sans renâcler.

Nous remontons sur l'interstate 80 en direction de l'ouest. Devant nous, s'étend un immense désert de sel que nous allons devoir traverser. De l'autre côté, à deux heures de route, se trouve West Wendover. C'est là que nous quitterons l'Utah pour entrer dans le Nevada, dernier État avant la Californie.

Mais d'abord, il faut fendre l'étendue blanche. On le surnomme désert de sel, mais il n'est fait ni de dunes ni d'oasis. Il ressemble davantage à une mer figée, laiteuse et plate. Un miroir brûlant à perte de vue.

Son calme apparent ne le rend pas moins hostile. J'ai lu dans un manuel d'histoire qu'au XIXe siècle, des dizaines de chevaux, peut-être des centaines, ont été perdus par les colons qui tentaient de rejoindre l'ouest par cette route. Les essieux des chariots se brisaient sous l'effet du sel et de la chaleur. Le bétail fuyait, rendu fou par la soif.

Dès que nous entamons la traversée, les bruits de la voiture s'estompent, comme s'ils provenaient de l'intérieur de l'habitacle, et même de l'intérieur de nos corps. Comme si le sel assourdissait tout. L'air aussi. Celui que nous respirons n'est plus le même ; j'ai l'impression d'être en apnée par moments.

Au loin, j'aperçois des montagnes mais on dirait qu'elles fuient. La voiture ne réussit pas à s'en approcher.

J'ai hâte que nous parvenions sur l'autre rive de cet océan évaporé qui menace à tout moment de se refermer sur nous et de nous engloutir. Pourvu que la Dodge ne tombe pas en panne sans prévenir !

De temps en temps, le reflet fugace du soleil dans un pare-brise indique la présence d'un véhicule, dans l'autre sens ; je guette le moment où nous le croiserons, mais les distances sont trompeuses et il s'écoule plusieurs minutes avant qu'il apparaisse pour de bon devant nous.

Personne ne nous double ; c'est comme si tout le monde s'était mis au même rythme, celui du désert.

Quand nous atteignons enfin West Wendover, j'expire un grand coup et pousse un petit cri de victoire. Je me tourne vers les filles et constate qu'elles aussi sont soulagées.

– On a mérité un bon déjeuner !

Justement, un panneau publicitaire indique un Applebee's à la prochaine aire de service.

– « Applebee's égale remplissage gratuit » ! je dis, enthousiaste.

– Ça veut dire quoi, « remplissage gratuit » ? demande Ray.

– C'était le slogan publicitaire d'Applebee's à une époque. Ça veut dire que tu peux prendre autant de soda que ton estomac arrive à en contenir.

Ray est trop petite pour savoir ce qu'est un slogan publicitaire, mais elle a parfaitement compris le concept. Santee et elle écarquillent les yeux et font « Quoi ? » avec leurs lèvres. Je hoche la tête plusieurs fois pour confirmer.

Elles n'en reviennent toujours pas alors que nous nous installons dans un compartiment pour nous toutes seules. Les banquettes en faux cuir rouge, les tables en formica, les serveuses en uniforme à rayures... On a l'impression d'être dans un film. On est loin des *food trucks* miteux qui font office de restaurants sur la réserve, avec leurs tables et chaises de camping en guise de terrasse.

Nous commandons des côtes de porc sauce barbecue et du poulet rôti accompagnés de frites et de *hash browns*[2]... Le tout arrosé de cola et de citronnade délicieusement chimique. Grâce aux cent dollars d'Amy et Roger, nous pouvons nous offrir ce repas, mais je veille à ce que la note ne dépasse pas le quart de notre budget.

Les parts sont tellement grosses que nous n'arrivons pas à finir nos assiettes. Je demande un *doggy bag* pour emporter les restes ; ainsi, notre repas du soir est assuré.

Quant à la boisson à volonté, la publicité n'était pas mensongère : la serveuse ressert Ray et Santee à deux reprises. Elle leur demande même si elles en veulent un quatrième gobelet. Ray se touche le ventre en refusant.

Au total, chacune aura absorbé un litre et demi de soda. Si maman avait été là, c'est sûr qu'elle ne les aurait pas laissées faire... Même si, en matière de boisson, notre mère n'est elle-même pas très raisonnable.

Ce voyage a de bons côtés ; il est fait de moments extraordinaires que nous n'aurions pas vécus si nous n'étions pas parties de Pine Ridge... Il n'empêche, maman me manque, et je ne comprends pas qu'elle ne nous ait pas encore appelées.

Dehors, le bitume fond à vue d'œil et notre voiture mal climatisée ressemble de plus en plus à une boîte de conserve dans un micro-ondes. Dire qu'il va falloir quitter l'air frais de l'Applebee's pour retourner dans ce four !

---

2. Croquettes de pommes de terre finement hachées, rissolées ou frites.

Nous passons aux toilettes pour évacuer un peu du liquide absorbé, et reprenons la route à regret. Le simple fait de traverser le parking à pied nous fait accélérer le pas. Impossible de rester plus longtemps dehors. Nous nous brûlons les mains en ouvrant les portières, puis les cuisses en nous asseyant. Ray se plaint. Elle est grognon comme quand elle est fatiguée. Je sais qu'elle s'endormira avant que nous ayons parcouru trois kilomètres. J'étale une serviette de bain sous ses fesses et suggère à Santee d'en faire de même sous les siennes.

Puis, nous repartons, toutes fenêtres ouvertes. Impossible de déterminer si l'air qui s'engouffre dans l'habitacle est plus ou moins chaud que celui qu'il chasse. Au moins, ça fait un courant d'air, mais nous avons toutes du mal à respirer. À l'arrière, Santee a plongé sa main dans le gobelet qu'elle a rempli de glaçons au restaurant, et les fait fondre sur son front et celui de Ray, avant de m'en appliquer un sur la nuque.

– Pas bête ! je dis en lui souriant dans le rétroviseur.

– J'aurais dû en prendre plus. Ils fondent trop vite.

Ray, comme prévu, s'est déjà endormie, ses cheveux noirs collés sur son front en sueur.

Le lac salé a cédé la place à une vaste plaine tout aussi désertique bordée de hautes montagnes qui vont par blocs indépendants, comme des paquebots pris dans la pierre, ou des monstres géants saisis par une éruption volcanique subite ; les paysages rocailleux sont époustouflants autant qu'ils sont effrayants. Ils nous écrasent, nous les humains.

Nous sommes nombreux à les traverser, mais en silence. Aucun conducteur ne se laisse distraire par les passagers d'un autre véhicule. Fenêtres fermées, climatisation réglée au plus froid, yeux dissimulés derrière des lunettes noires rivés sur l'horizon... Chacun se concentre sur sa conduite, espérant arriver à bon port le plus vite possible. Nous sommes les seules à rouler vitres ouvertes, à humer malgré nous les odeurs et souffrir de l'écho du désert. J'ai l'impression de pouvoir entendre le moindre animal sauvage se déplacer, le moindre pan de terre craquelée s'affaisser. Tout nous invite à ne pas nous attarder, tout nous promet une mort certaine si nous contemplons trop longtemps les roches déformées et le ciel grisé par la chaleur.

L'après-midi est rythmé par les arrêts pipi réclamés par Ray et Santee pour éliminer le reliquat de soda.

Je ne coupe le moteur qu'au bout de cinq heures pour faire le plein d'essence. Je prends conscience de mon état d'épuisement en descendant de la voiture pour aller à la pompe car je suis brutalement prise de vertige. Je dois être déshydratée. Le soleil baisse un peu d'intensité, mais j'ai l'impression que je n'arriverai jamais à étancher ma soif.

Conduire plus longtemps dans de telles conditions ne serait pas raisonnable. Je me convaincs que même la voiture a besoin de se reposer.

– On va passer la nuit par ici, je dis aux filles.

– On est où ? demande Santee.

Je lui indique un point sur le GPS.

– Là, Lovelock. On a fait tout ça.

Mon doigt suit notre parcours depuis Pine Ridge.

– Il nous reste combien ? demande Ray qui s'est aussi redressée pour voir l'écran de mon smartphone.

– Ça. Tu vois, on a fait le plus gros. On y sera demain.

– Tu n'es pas trop fatiguée ?

– Si, mais après une bonne nuit de sommeil, ça ira.

Santee s'inquiète pour mon pied. Elle sait qu'il est douloureux parfois. Mais le plus étrange, c'est que je ne mens pas : je suis épuisée, mais j'ai le moral. Après tout, demain nous serons dans la région de Sacramento, où on trouve des domaines viticoles et des vergers à foison. En n'arrivant pas trop tard, on aura le temps de s'y installer et je pourrai commencer à me renseigner pour du travail. Je me joindrai aux Mexicains entrés illégalement sur le sol américain. Ce n'est pas mon cas, mais en l'absence d'autorisation parentale pour obtenir un job, je serai un peu comme une clandestine dans mon propre pays.

– Regardez, il y a un lac à quelques kilomètres. Toulon Lake. Il y fera peut-être moins chaud cette nuit.

– Un lac salé ?

– Je ne crois pas, non.

– On pourra se baigner ?

Ray aime tellement l'eau qu'elle en redemande. Il faut dire que sur la réserve, nous n'avons pas de piscine, et les cours d'eau sont soit gelés en hiver, soit à sec l'été.

– Je ne sais pas. Il faut que ce soit autorisé.

La station-service a un rayon épicerie. J'en profite pour acheter des boîtes de conserve et du pain de mie. Après avoir payé pour le plein d'essence et ces quelques courses, il nous reste une vingtaine de dollars.

Au moment où je les remets au fond de ma poche, je sens quelque chose qui vibre : mon téléphone ! C'est un numéro inconnu. À peine ai-je décroché que j'entends une voix impersonnelle, semblable à celles des robots qui proposent des options préenregistrées selon que vous pressez la touche 1 ou la touche 2. Je vais pour raccrocher, mais finalement une standardiste prend le relais et me demande si j'accepte l'appel en PCV d'une détenue du pénitencier fédéral de Rapid City.

– C'est maman !

À l'autre bout du fil, la dame demeure imperturbable.

– Acceptez-vous le PCV ?

– Pardon, oui, bien sûr, j'accepte !

Je mets le haut-parleur pour que Ray et Santee puissent entendre. Elles se sont déjà précipitées vers moi et tendent l'oreille.

– Allô ?

Toutes trois hurlons de concert :

– Maman !

– Mes chéries !

Il y a des larmes et du soulagement dans la voix de notre mère. Dans la mienne aussi, quand je dis :

– Comment tu vas ? Oh, maman...

Toute ma colère m'a abandonnée ; tout mon courage aussi. J'ai envie de rentrer, là, tout de suite. Que tout s'arrête, qu'on rembobine le film des derniers jours, que maman ne se fasse pas arrêter, qu'elle rentre à la maison et que rien ne change dans notre vie.

– Bearfoot, où êtes-vous ?

Je me raidis car le ton de ma mère s'est durci. Maintenant qu'elle nous sait en vie, elle passe à la phase « reproches ».

– Sur la route.

Soupir à l'autre bout du fil.

– Où exactement ? Sur quelle route ?

– On va en Californie.

– En Cal... Qu'est-ce que c'est que cette histoire ? Qu'est-ce qui t'est passé par la tête ?

– Ils veulent nous séparer, maman. Ce n'est pas possible.

– C'est pour un an, Bearfoot. Un an ! Et vous pourrez vous voir les week-ends. Samantha Leaf me l'a garanti.

– Je n'abandonnerai pas mes sœurs.

– Qu'est-ce que tu comptes faire, pendant un an ? Comment vas-tu les nourrir ? Et l'école ? Elles ne peuvent pas quitter l'école comme ça ! C'est complètement irresponsable... Sans parler des dangers qui vous guettent.

– On va en Californie, maman, pas en Afghanistan.

– Tu n'as pas idée de ce que les hommes peuvent faire. Crois-moi, ce sont des bêtes. Dès qu'ils verront trois filles seules, Dieu sait ce qu'ils vous feront.

– Tu ne crois pas que tu exagères ? Nous avons rencontré des gens très bien jusqu'à présent.

Je passe sous silence le fermier sur son quad. Je préfère retenir l'exemple d'Amy et Roger. De toute façon, notre mère n'est pas disposée à m'écouter. Elle est lancée dans sa paranoïa :

– Je sais de quoi je parle ! Les Indiennes n'ont aucun droit ! Nous sommes des proies pour ces gens-là.

– Maman !

J'entends sa respiration dans le combiné. Elle enrage d'impuissance. Elle ne peut pas en dire davantage, pas avec Ray et Santee qui écoutent. Elle est aussi décontenancée par mon attitude ; c'est la première fois que je lui tiens tête de cette manière. Sans me départir de mon calme et de mon assurance nouvelle, je continue :

– Il n'est pas question que tes craintes pourrissent nos existences. Nous avons besoin de vivre, maman. Or, on va mourir si on nous sépare. Tout comme on mourra si on reste à Pine Ridge.

– Je sais que vous partirez de la réserve, un jour, mais vous êtes encore mineures. Alors, je veux que tu m'écoutes attentivement, Bearfoot, et que tu m'obéisses : tu vas t'arrêter dans la ville la plus proche, te rendre au poste de police local et téléphoner à Samantha Leaf pour lui dire où vous vous trouvez. Ensuite, tu écouteras ses instructions et vous attendrez que quelqu'un des services sociaux vous prenne en charge. Je suis en prison, Bearfoot, je ne peux pas vous gérer à distance. J'ai besoin que tu m'aides en agissant en grande sœur responsable.

– Justement, tu n'es pas là. C'est moi qui décide en ton absence et je ferai ce que j'estime être le mieux pour nous.

Mes sœurs sont pétrifiées, ne sachant plus qui écouter, qui suivre. Ma mère en a le souffle coupé. Je poursuis sur le même ton ferme :

– Je vais travailler pendant un an, gagner assez d'argent pour que Ray et Santee ne manquent de rien. Je leur ferai la classe, je m'occuperai d'elles, je te le promets. De toute façon, on n'apprend rien dans les écoles de la réserve. Tu le dis toi-même : tout ce que je sais, je l'ai acquis en parlant avec toi ou en lisant. Nous allons nous en sortir seules. Ce sera dur, mais nous serons ensemble. Et dans un an, à ta sortie de prison, nous te retrouverons, et tu verras que j'avais raison. Et peut-être, même, que c'est toi qui nous rejoindras en Californie.

– Tu ne sais pas dans quoi tu t'embarques, Bearfoot. Je ne peux pas te laisser entraîner tes sœurs dans ton délire. Santee, Ray, n'écoutez pas...

Je raccroche. Ray et Santee en restent sans voix. Moi-même, j'ai mis ma main devant ma bouche tellement je suis abasourdie par la façon dont je viens de parler à notre mère, et par les propos que je viens de tenir. C'est la deuxième adulte au nez de qui je raccroche en quelques jours.

Mes sœurs ont tout entendu. À cet instant précis, je réalise que je vais avoir du mal à les convaincre de continuer à me faire confiance. Je ne peux plus prétendre qu'en allant en Californie, j'accomplis la volonté de notre mère.

– Maman est contrariée, je dis en rangeant mon téléphone dans ma poche. Mais c'est parce qu'elle n'est pas là pour voir ce que nous sommes en train de faire. Je suis sûre qu'elle finira par comprendre.

– Mais…

Santee, évidemment. Je savais qu'elle n'allait pas lâcher l'affaire aussi facilement.

– Mais quoi ? je dis, énervée.

– Maman a dit…

– Maman est en prison ! Elle ne peut pas se rendre compte ; elle n'a pas toutes les données du problème.

– Oui, mais elle a dit qu'il y avait des dangers.

Cette fois, c'est Ray qui est gagnée par la peur.

– Le danger, ce sont les gens qui boivent au volant.

Je ne sais pas pourquoi j'ai dit cela, c'était méchant et inutile. Ou plutôt, si, je sais pourquoi : parce que, quelque part, je sais que notre mère a raison. Ce que j'ai entrepris est irresponsable. Mais au fond de moi, quelque chose me pousse à continuer. J'ai la conviction que je peux réussir et que cette aventure peut changer notre vie en mieux. Que les douze mois qui nous attendent resteront gravés à jamais dans l'histoire familiale comme le moment où nous avons jeté les bases d'un nouveau destin pour nous. Un peu à la manière de tous ces héros américains que l'on nous demande d'admirer parce qu'ils ont cru en leur succès et décidé, malgré l'adversité et les avis contraires, de tenter leur chance et d'aller au bout de leur rêve. Le fameux rêve américain auquel les Indiens n'ont jamais droit ! Pourquoi mes sœurs et moi ne le revendiquerions-nous pas ? Pourquoi est-ce qu'on n'aurait pas notre part de bonheur, nous aussi ?

– Vous avez vraiment envie de vous retrouver dans une famille d'accueil pour les miséreux et les enfants maltraités, sans moi ni maman, au milieu de Blancs qui se moqueront de vous parce que vous avez la peau mate et parce que vous êtes pauvres ?

Mes sœurs réfléchissent, l'air toujours aussi traumatisé. Puis, elles font un timide non de la tête.

– Donc, on continue. Et si on n'y arrive pas, on reviendra à Pine Ridge, promis, mais au moins on aura essayé. D'accord ? Allez, en voiture maintenant.

Mes sœurs obéissent et s'installent à l'arrière. Sans leur laisser le temps de réfléchir, je tourne la clef dans le contact et lance la Dodge sur l'asphalte encore brûlant.

À la sortie de la ville, une route file à travers de grands champs de céréales rectilignes avec chacun sa ferme à l'un des angles. Nous passons un aérodrome ; ensuite, la route se transforme en piste et tout devient désert. Difficile d'imaginer un lac dans un décor aussi aride. Pourtant, au milieu de la caillasse, tapie et camouflée comme un animal à l'affût qui aurait pris les couleurs de son environnement, je devine une étendue moins solide que le reste. Pas même liquide. Presque gazeuse. Elle ressemble plus à un mirage qu'à un lac. Selon que la route monte ou descend, l'eau se fait bleue ou invisible. C'est une eau en sursis, qui s'évapore à vue d'œil. Je suis certaine que si nous repassions à la fin de l'été, il n'en resterait plus rien.

Il n'y a pas de parking à proprement parler ; juste un dégagement permettant de stationner sans rester en travers de la piste. Pas d'arbre non plus, donc pas d'ombre. Heureusement, le soleil descend à l'horizon, et, même si les montagnes Rocheuses sont à bonne distance désormais, on n'est pas non plus dans les plaines de chez nous, dans le Dakota du Sud ; il reste quelques massifs suffisamment hauts pour barrer l'astre de feu à l'ouest.

Je choisis un rocher plat pas trop loin de l'eau, mais pas trop loin de la voiture non plus, et j'y installe notre campement : draps et couvertures pour le couchage, un trépied à gaz qui nous permettra de réchauffer nos plats en conserve mais qui fait également éclairage, un jeu de Uno, parce que mes sœurs adorent ça, un livre que je leur lirai ce soir, mon smartphone que je pose entre nous trois, un doudou pour Ray – Santee a déjà apporté le sien, l'air de rien –, sans oublier les maillots et les serviettes de bain, secs après une journée passée sur la plage arrière de la Dodge.

Je contemple le paysage et j'essaie d'oublier ma dispute avec ma mère, sans trop penser à plus tard non plus. Tout est magnifique pour l'instant : les chaînes de montagnes se déroulent au loin, l'air est chaud mais pur, le silence reposant après une journée de voiture... Nous avons à boire et à manger, de l'essence dans le réservoir... Nous y sommes presque ! Encore une journée de route, et nous serons arrivées à destination.

Je vois Ray hésiter à aller à l'eau. Elle serre son doudou contre sa joue et me tourne autour. Maintenant que la pression est retombée, je me fais plus gentille :

– Qu'est-ce qui t'arrive, *Choubache* ?

C'est le surnom tendre que je lui ai donné quand elle était bébé. D'habitude, ça la fait sourire quand je l'utilise, mais aujourd'hui elle garde son air triste et pensif.

– Allez, dis-moi ce qui ne va pas.

– C'est vrai qu'on est pauvres ?

J'éclate de rire. Pendant tout ce temps elle ruminait ce que je lui ai dit tout à l'heure !

– Nous ne sommes pas riches, c'est certain. Mais ça n'a rien de définitif.

Je me lève et l'attrape par les mains pour la faire tourner sur elle-même. Elle se déride enfin.

– Qu'est-ce que ça veut dire ?

– Ça veut dire qu'un jour tu seras une princesse, et tout cela t'appartiendra !

Je désigne le lac et les montagnes autour de nous. Cette fois, elle sourit à pleines dents.

– Allez, va te baigner tant qu'il fait jour.

Ray file retrouver Santee dans l'eau sombre du lac.

Jamais je n'aurais imaginé que l'idée de dormir à la belle étoile me procure autant de joie. J'ai hâte que la voûte céleste, que j'ai si souvent admirée, m'enveloppe comme une couverture et m'apaise. Je me vois déjà lire une histoire à mes sœurs à la lueur du réchaud.

Nous sommes suffisamment en retrait de la route et de la ville, nous ne risquons pas de croiser qui que ce soit. De plus, personne ne sait que nous nous sommes installées à cet endroit précis. Par ailleurs, dans le désert – ce à quoi cette partie du Nevada ressemble –, les bruits portent. Si quelqu'un approchait, nous l'entendrions.

Seul un rongeur ou un reptile pourrait sentir notre présence, mais je ne crains pas les bêtes. Certaines peuvent être dangereuses mais elles ne sont jamais mal intentionnées. Surtout, elles nous évitent ; elles nous craignent plus que nous n'avons à les craindre.

Santee et Ray jouent au bord du lac jusqu'à ce que la lumière du jour soit trop faible pour qu'elles voient où elles mettent les pieds.

Nous mangeons les restes de notre déjeuner agrémentés des haricots rouges et du pain de mie achetés à la station-service. Cela donne des sandwichs aux frites et au poulet froids, imbibés de jus de cuisson des haricots. Pas vraiment équilibré, mais nous sommes en camping. J'espère trouver des aliments plus sains en Californie, quand nous serons installées... Surtout si je travaille dans une ferme.

Après le repas, mes sœurs et moi restons longtemps allongées à regarder les étoiles s'allumer les unes après les autres au-dessus de nos têtes. Nous faisons un vœu chaque fois que nous en repérons une filante. Ray est fière de nous montrer qu'elle sait compter jusqu'à cent, même si elle n'en voit sûrement pas autant.

Plus tard, alors que le sommeil nous gagne, nous évoquons à voix basse notre *séjour* en Californie. Je me rends compte que nous ne savons rien de la côte ouest en dehors de ce que nous voyons dans les films et les séries : comment les gens vivent là-bas, quel temps il y fait vraiment... Ce que la télévision nous montre invariablement, ce sont des plages ensoleillées et des gens très blonds et très bronzés en shorts moulants. Je me demande aussi à quoi ressemble l'océan... Nos ancêtres n'allaient pas si loin à l'ouest. Leurs terrains de chasse s'étendaient des Rocheuses au Mississippi, mais nous connaissons moins ce pays qu'eux.

Rares sont les Oglalas Lakotas qui voyagent en dehors de la réserve, aujourd'hui ; ce sont les Blancs qui ont repris le flambeau des longues migrations. Ils ont tué notre gibier pour nous assigner à résidence – abattre en quelques années les millions de bisons qui, depuis des millénaires, nourrissaient notre peuple n'avait qu'un but : nous cloîtrer sur les réserves et nous affamer – ; ils ont bâti des voies ferrées et des autoroutes pour traverser nos terres et parcourir en une journée des distances qui demandaient des mois de marche à nos ancêtres...

Nous ne sommes plus adaptés à la taille et à la vitesse de ce continent. Nous sommes comme ces populations animales qui disparaissent sous la pression d'espèces invasives. On nous apprend ça en cours de biologie, mais on ne nous dit pas qu'il en a été de même pour les *Native Americans*, décimés par les Blancs d'Europe. Mes sœurs et moi sommes les dernières représentantes d'une espèce menacée, que les Blancs parquent dans des réserves soi-disant pour la sauver, comme des félins dans des zoos. Les Blancs ne peuvent plus nous exterminer, ce serait politiquement incorrect, alors ils cherchent à nous assimiler. Jusque dans les années 1990, on arrachait les enfants indigènes à leur famille pour les placer dans des internats religieux où tout était fait pour qu'ils oublient leur langue et leur culture : punitions, sévices corporels, jusqu'au meurtre parfois... On découvre des charniers aujourd'hui, on commence à en parler dans la presse.

Mais nous sommes toujours là.

Aujourd'hui, les réserves coûtent cher au gouvernement américain ; aussi, en y rendant la vie si misérable qu'elle en devient impossible, les gens de Washington espèrent que nous finirons par nous éteindre de nous-mêmes, ou bien que nous partirons et nous installerons dans des villes où nous oublierons qui nous sommes.

Penser ainsi me met en colère. Une colère que je sais inutile, qui n'a jamais rien changé, qui n'a apporté que malheurs et désastres aux miens. Une colère dirigée contre nous-mêmes, parce que nous avons laissé faire, ou n'avons pas su empêcher. Une colère que je méprise parce que je la devine semblable à celle qui poussait mon père à boire jusqu'à en tituber et à hurler contre nous, à celle de mon oncle qui se défonce au crack, à celles des Lakotas, et des Cheyennes, et des Kiowas, et des Choctaws, et des Hopis, et de tous les autres qui se laissent mourir d'alcool et de drogue, d'ennui et de honte, dans les centaines de réserves des États-Unis et du Canada.

Pour l'instant, Ray grandit avec son enthousiasme de petite fille. Santee, peut-être, a commencé à perdre son innocence. Moi j'essaie de penser à l'avenir de telle manière que les rêves de mes sœurs soient réalisables.

Enfin, nous nous taisons et nous laissons bercer par les bruits du désert, les millions de graviers que l'érosion fait choir du socle sur lequel ils patientaient depuis des millénaires, les milliards de grains de sable déplacés par le vent qui attendait la fraîcheur nocturne pour descendre des hauts plateaux, les minuscules monticules de terre que les pattes d'un chien de prairie font rouler à proximité de son terrier... Nous les écoutons en silence, puis nous endormons pour les emporter dans nos songes.

Ray résiste au sommeil. Les coyotes l'effraient. Plusieurs fois, elle me demande si tel ou tel cri n'a pas été poussé par l'un d'eux.

Elle a tort d'en avoir peur, parce qu'ils se tiennent loin des humains et finissent toujours par se taire en même temps que monte la lune dans le ciel.

D'ailleurs, ce ne sont pas leurs hurlements qui nous réveillent une heure plus tard, mais un bruit beaucoup plus familier : celui de plusieurs moteurs, de la musique techno, et les cris d'une bande de jeunes qui ont décidé de ne pas passer une nuit calme.

8

Ils sont encore à un kilomètre, au moins, mais les sons, que rien n'arrête, se répandent comme le vent à la surface du lac. Je m'appuie sur les coudes et aperçois la lueur de leurs phares : une procession de trois véhicules sur la route qui fait le tour du plan d'eau et que nous avons nous aussi empruntée.

Ils font des embardées accompagnées d'éclats de rire ; puis, ils disparaissent derrière la butte qu'il faut contourner pour atteindre la berge auprès de laquelle nous nous sommes installées. Encore deux ou trois cents mètres et ils tomberont sur notre Dodge. Ont-ils l'intention de venir se baigner ici pour profiter des rochers qui forment la seule plage, ou de faire le tour du lac ? Je le saurai dans quelques secondes.

Ce que je craignais se produit : en découvrant notre voiture garée sur le côté de la piste, la caravane s'immobilise. La musique est toujours aussi forte mais les rires ont cessé. J'imagine qu'ils sont en train de se demander qui ça peut être, de lire notre plaque d'immatriculation et d'essayer de comprendre comment des gens du Dakota du Sud ont échoué ici.

Je jette un coup d'œil à mes sœurs pour m'assurer qu'elles dorment toujours. C'est le cas de Ray, mais Santee vient de froncer les sourcils, mécontente d'être réveillée. Je lui fais signe de demeurer silencieuse. C'est une précaution inutile parce que avec le potin qu'ils font, ils ne nous entendraient pas.

Santee comprend tout de suite la situation et se redresse elle aussi. Je me dis qu'ils peuvent difficilement nous entendre, mais qu'ils peuvent nous voir. Je m'aplatis donc au sol et invite Santee à m'imiter. Mais cela ne suffit pas : seuls obstacles sur l'étendue rocheuse, nos trois silhouettes restent visibles ; alors qu'une des voitures opère un demi-tour sur la piste, elle nous saisit dans les rayons de ses phares. Le véhicule s'immobilise, lumière toujours braquée sur nous, la musique est coupée, et quelqu'un lance :

– Qui est là ?

C'est une voix masculine qui dénote l'inquiétude. Je sais ce dont les gens sont capables lorsqu'ils ont peur ; aussi, je me lève pour montrer que nous ne représentons pas un danger. D'ailleurs, j'ai entendu des rires féminins tout à l'heure ; je suis moi-même rassurée par la présence de filles parmi eux.

– Bonsoir, je dis.

Je fais un geste à Santee pour lui signifier de rester en arrière, puis je m'avance vers le groupe. Ils ont commencé à descendre des voitures et à se rassembler autour de celui qui s'est adressé à nous. J'aperçois une guitare, des glacières... Je m'approche encore davantage ; je devine qu'ils sont jeunes, à peine plus âgés que moi. Je les salue de la main.

– Mes sœurs et moi ne faisons que passer la nuit ici.

Celui qui nous a interpellées vient à ma rencontre. Grâce à l'éclairage des voitures qui illuminent la scène, je vois les détails de son visage. Il est grand et mince, son sourire est aussi large que ses dents sont blanches. On ne voit qu'elles dans le contre-jour créé par les phares. Il est habillé comme un cow-boy : jean et chemise à carreaux, bottes santiags... Ne lui manque plus qu'un Stetson sur la tête. D'ailleurs, ils sont tous vêtus de la même façon. Et ce sont tous des Blancs. Les filles ont des chemisiers noués à la taille qui laissent apparaître leur nombril, et des shorts très courts qu'elles portent avec des bottes de cow-boys, elles aussi. Ou de cow-girls, plutôt.

Ils sont une dizaine en tout. Ils n'ont pas l'air menaçant, mais je reste prudente parce qu'ils ont déjà pas mal bu ; en effet, certains ont des difficultés à tenir debout.

– Vous venez du Dakota du Sud ?

– Oui. On a roulé toute la journée. On s'est arrêtées ici parce que ça avait l'air tranquille.

– Nous, on est venus fêter la fin de l'année scolaire.

– La fin tout court ! s'exclame un de ses copains avec de grosses joues rougies par le soleil. Terminé le lycée !

Trois autres lancent des « yihaaa » en levant la bière qu'ils tenaient à la main.

– Désolé si on vous a réveillées, dit le premier en désignant Santee et Ray du menton.

Je me retourne et découvre mes deux sœurs, paralysées par la peur, n'osant pas se lever, collées l'une contre l'autre. Elles n'ont pas entendu la teneur de nos échanges et attendent mon verdict : sommes-nous en danger ? Devons-nous courir vers la voiture et fuir, ou ces gens sont-ils amicaux ? Ne font-ils que passer ou vont-ils continuer à nous empêcher de dormir ?

– Santee, Ray, vous pouvez venir.

Comme elles hésitent, j'ajoute :

– Vous n'avez rien à craindre, c'est bon.

Même si je n'en suis pas certaine à ce stade. Le garçon aux dents blanches prend un air gêné.

– On vous a fait peur. Je suis vraiment navré.

– Ce n'est rien. Vous ne pouviez pas savoir qu'il y avait quelqu'un.

Santee et Ray se sont enfin rapprochées, mais ne sont toujours pas rassurées. La première affiche une mine fermée pendant que la seconde se frotte les yeux et se blottit contre mes jambes.

– De toute façon, lance un autre garçon, le meilleur spot, c'est là-bas, où on peut plonger !

Il se met à courir dans le noir vers des rochers proéminents qu'on devine à peine, suivi par les autres. Le groupe s'égaye joyeusement.

Avant de partir, une des filles me dit :

– Vous nous entendrez moins.

Un instant, je me demande où est le piège. Ils sont trop gentils pour être honnêtes. Les gens de l'Ouest passent pour des racistes violents et machos, et l'alcool n'arrange rien en général.

– Vous pouvez venir avec nous, si ça vous tente, me propose le garçon aux dents blanches.

– C'est sympa, mais ce n'est pas possible.

Il suit mon regard qui vient de se porter sur Ray et Santee. Elles sont trop petites pour faire la fête toute la nuit ; je dois agir en grande sœur responsable.

– Tu pourrais nous rejoindre quand elles dormiront ?

Ray bâille. Santee l'imite. Elles sont cuites, comme dirait notre mère. Elles se rendormiront rapidement si je reste auprès d'elles.

– On verra. Merci pour l'invitation, en tout cas.

– Au fait, je m'appelle Steve. Et toi ?

J'hésite à donner mon nom lakota. Ce n'est peut-être pas prudent. Ils sont cool, les choses se passent bien jusqu'à présent, mais je n'ai pas envie que tout dérape pour un simple prénom qu'ils pourraient interpréter comme une provocation.

– Denisa, je dis. Et ça, c'est...

– Je sais, Santee et Ray, dit-il en levant le pouce. J'ai retenu.

Comme je l'avais prévu, mes sœurs ne restent pas longtemps éveillées. À peine ai-je entonné une berceuse que leurs respirations se font plus lentes et plus bruyantes. On dirait des chats ; elles ronronnent presque.

À plusieurs reprises, je tourne la tête en direction du groupe d'amis. Je les entends rire et chahuter, mais le bruit est supportable.

Ils ont allumé un feu de camp autour duquel dansent les filles. Je crois reconnaître la silhouette de Steve assis en tailleur et penché sur sa guitare. Les autres garçons sont allongés. Je vois leurs bras porter des bouteilles à leurs bouches. Au fond, ils ne sont pas très différents de nous ; leurs soirées ressemblent à celles que passent les jeunes Oglalas Lakotas désœuvrés sur la réserve de Pine Ridge.

D'un côté, je suis intriguée par cette bande de jeunes ; d'un autre, je préférerais que mes sœurs et moi soyons seules. Honnêtement, on ne peut pas dire que leur présence soit dérangeante, mais je ne suis pas tout à fait sereine à l'idée de m'endormir dans un endroit aussi désert, à quelques dizaines de mètres de garçons et de filles imbibés d'alcool. Même s'ils ont l'air sympathique, on ne sait jamais comment ça peut tourner.

C'est marrant, parce que là-bas, chez nous, je ne suis pas intéressée par ce genre de fête. Notre mère m'interdit de sortir, mais de toute façon, je n'en ai pas vraiment envie. Alors qu'ici... Quelque chose m'attire. Un sentiment de légèreté. L'impression que c'est un moment exceptionnel à côté duquel je suis en train de passer, que je devrais m'autoriser à vivre... La conscience que je suis jeune et que, malgré les circonstances, je devrais profiter de l'instant présent parce que jamais je ne serai aussi libre et heureuse qu'aujourd'hui.

Je laisse s'écouler quelques minutes afin de m'assurer que mes sœurs dorment profondément, puis je défais l'entremêlement de nos jambes et de nos bras pour me glisser hors de notre couche. Santee grommelle quelque chose d'inaudible, je suspends mon mouvement, puis, constatant qu'elle ne réagit pas davantage, je me dresse enfin sur mes pieds.

Je rejoins le groupe des fêtards.

– Alors, comme ça, vous avez terminé vos études secondaires ?

– Hourra ! crie l'un.

– Yep, confirme l'autre.

– Vous allez à la fac, à la rentrée ?

Ils éclatent de rire. Steve est le seul à acquiescer.

– Je vais faire du droit à San Francisco, dit-il.

– On va tous travailler sur le ranch de nos pères, précise l'un des garçons.

– Et nous, on va les épouser, dit l'une des filles avant de s'esclaffer.

Je ne parviens pas à savoir si c'est du lard ou du cochon. Si c'est vrai, c'est pathétique. D'un autre côté, c'est un peu ce qu'il se passe chez nous aussi.

Puis, Steve se fait taquiner par ses amis.

– Lui, c'est l'intellectuel de la bande !

– Il a fini major de promo au cours des trois dernières années.

– De mémoire de Lovelockien, on n'avait jamais vu ça !

Une des filles lui frotte les cheveux en rigolant. Elle se moque tendrement de lui. Sont-ils ensemble ? Il lève la tête. Un moment, je crois qu'ils vont s'embrasser. Mais non. Il sourit et dit :

– Je n'y peux rien, j'aime ça, les études.

Les rires redoublent d'intensité.

– Il est fou, lance un petit trapu, hilare.

Je me sens décidément très bien au milieu de ce groupe joyeux. Il fait nuit, personne ne voit mon pied bot. Si ça se trouve, ils n'ont même pas deviné que j'étais une *Native American*. « La nuit, tous les chats sont gris », disait ma mère. Immédiatement, je me corrige : *dit* ma mère ! Elle n'est pas morte ; elle n'a pas non plus disparu.

Steve fait les présentations : il y a là Sue, qui a failli l'embrasser, et Ninon, toutes les deux blondes, Elena et Laurie les extra-blondes. Les garçons sont représentés par George et son frère jumeau Walker – leurs parents devaient être fans du président Bush –, Malcom le body-buildé, Ryan le petit joufflu, Zak le rebelle aux cheveux longs qui sent fort le crottin de cheval, et Steve, donc.

Je l'écoute jouer de la guitare, le feu se reflétant sur ses pommettes, ses mains glissant sur le manche à six cordes. Des mains aux longs doigts fins, plus adaptés, il est vrai, à l'ordinateur qu'à la bride d'un cheval. C'est étrange, c'est le seul qui n'ait pas des traits caucasiens… On dirait même qu'il a les yeux foncés et en amande.

Après l'excitation du début, le calme retombe sur la bande d'amis. Ils continuent à boire de la bière au goulot, mais le rythme s'est ralenti. Je les questionne sur leur ville, Lovelock, les jeunes de la région… Sur leurs ranchs, leurs familles…

– Et vous, vous venez d'où ? me demande un des deux frères Bush.

La question que je redoutais. Ils connaissent certainement Pine Ridge. Si je dis que je viens de là, ils vont tout de suite faire le rapprochement avec la réserve et en déduire que nous sommes des *Native Americans*. L'alternative, c'est nous inventer une autre vie. Mais je n'ai ni l'envie ni le courage de leur mentir. Après tout, ils nous ont accueillies telles que nous étions. Je dois continuer à leur faire confiance.

– De Pine Ridge.

– De… ?

Steve s'est arrêté de jouer. Tous se sont tournés vers moi. Ça y est, c'est fait, je l'ai dit. C'est le moment de vérité.

– Tu veux dire que… vous…

– Vous êtes indiennes ?

– Oglalas lakotas, je réponds, sur la défensive.

Je déteste qu'on utilise le mot *indien* à tort et à travers. Il ne veut rien dire. Nous sommes plus de cinq cents tribus, avec des langues, des cultures et des modes de vie différents.

Comme si ça ne suffisait pas, Malcolm, passablement imbibé, allume la torche de son smartphone et la braque sur moi. Je plisse les yeux, éblouie par la lumière blanche.

– Ah, ouais ! dit-il.

Je mets la main devant ma figure pour lui faire baisser son smartphone, mais il continue de détailler mon visage.

– C'est bon, Malcolm, arrête ça !

Comme la montagne de muscle n'obtempère pas, Steve se lève pour lui signifier qu'il ne plaisante pas. Je n'apprécie pas du tout la façon dont Malcolm m'a traitée, mais je n'ai pas non plus envie que la soirée tourne à la bagarre... Surtout à cause de moi.

Heureusement, Malcolm éteint la lampe torche et retourne à sa position allongée.

– C'est la première fois que je vois des Lakotas par ici, lâche-t-il.

– Il ne faut pas oublier qu'elles sont américaines, précise Steve. Elles vont où bon leur semble.

J'aurais pu tenir ces propos ! Et je lui suis reconnaissante de les avoir formulés à ma place. Même Malcolm en convient, car il ajoute :

– Pas faux. C'est un pays libre !

Steve se remet à la guitare et la soirée reprend son cours, à la différence près que j'en suis le centre d'intérêt, dorénavant.

– Mais alors, tu vis sur la réserve ? demande Laurie.

– Oui.

– Mais vous faites quoi ? renchérit Sue.

Je suis rassurée de sentir une curiosité bienveillante dans sa question.

– Mes sœurs vont à l'école primaire. Moi, je suis *freshman*[3] au lycée Red Cloud. Enfin, je serai *sophomore*[4] à la rentrée prochaine.

J'aurais dû être *sophomore* ! Mais je ne me lance pas dans des explications sur notre fuite en Californie et notre année de césure.

– Non, je veux dire : qu'est-ce que vous faites ici, cette nuit ?

– On va en Californie pour rejoindre notre mère. On s'est arrêtées pour la nuit.

Un moment de silence, puis Steve entame les premiers accords d'une chanson très triste mais très belle, qui me dit vaguement quelque chose.

– *Out on the week-end*, de Neil Young, dit-il, comme s'il avait deviné mes pensées.

– Je crois que ma mère a cet album en vinyle...

– *Harvest*.

– *Harvest* ! c'est ça.

– Mon père est carrément fan, s'exclame Zak. Il le met en boucle dans sa bagnole.

---

3. Équivalent de la classe de seconde.
4. Équivalent de la classe de première.

Ça me fait drôle de penser qu'à des centaines de kilomètres de notre réserve, dans une petite ville du Nevada, le papa de Zak écoute la même musique que ma mère.

– Qu'est-ce que vous allez faire en Californie ? me demande Steve.

– Y passer nos congés d'été.

Il fait une moue dubitative. Je comprends qu'il ne croit pas trop à mon histoire de mère qui nous attend en Californie.

– Pourquoi tu fais cette tête ?

– Pour rien.

– Tu ne crois pas que des *Native Americans* peuvent prendre des vacances ?

– Ce n'est pas ça...

– Tu fais partie de ces Blancs qui croient encore que les *Peaux-Rouges* vont à cheval, torse nu, cheveux au vent, libres et fiers ? Que nous vivons sous des tipis en harmonie avec la terre ?

Je ne sais pas pourquoi je fais preuve d'autant d'agressivité. Je montre les crocs alors que Steve n'a fait aucune remarque désobligeante, n'a eu aucun mot déplacé. D'ailleurs, il me remet à ma place du tac au tac, gentiment mais fermement :

– D'abord, je n'emploie jamais le terme de *Peaux-Rouges*. De la même façon, je suis mal à l'aise quand tu dis *les Blancs*. Dans la bouche d'une Lakota, je sais que ce n'est pas amical.

J'en ai le souffle coupé ! Steve est en train de me faire le reproche que nous faisons habituellement aux Blancs, nous, les Oglalas Lakotas.

– En même temps, comment veux-tu qu'elle nous appelle ? dit Elena.

– C'est vrai, renchérit Laurie. Moi, personnellement, le mot *Blanc* me convient. Je me sens blanche, je n'ai pas de problème avec ça.

– Parlez pour vous ! C'est très réducteur, « les Blancs », se défend Steve. Il y a parmi les soi-disant Blancs des gens d'origine allemande, britannique, française... Leurs histoires ne sont pas du tout les mêmes.

Je n'avais jamais envisagé les choses sous cet angle. J'adore cette façon qu'a Steve de bousculer les perspectives habituelles et d'inverser les rôles. Je suis obligée d'abonder dans son sens :

– Il n'a pas tort. J'imagine qu'il y a autant de différences entre un Américain d'origine italienne et un Américain suédois, qu'entre un Lakota et un Choctaw.

Tout le monde se tait, comme si nous réfléchissions à cette question pour la première fois.

– C'est marrant, je dis pour rompre le silence. Je ne pensais pas que des... *Blancs* (je souris en articulant le mot de façon exagérée pour bien faire comprendre à Steve que je le taquine gentiment) pouvaient raisonner de cette manière.

– Tu sais, Denisa, des familles païutes vivent à Lovelock, en dehors de la réserve de Pyramid Lake, qui n'est pas si loin. Nous avons même une école indienne fondée par Sarah Winnemucca. On connaît bien le problème des *Indiens*, ou Amérindiens, ou *Native Americans*, selon le nom que tu préfères qu'on utilise.

Lui aussi s'est arrêté sur le mot *Indiens* pour répondre amicalement à ma provocation.

– C'est vrai, ajoute Elena. On est au courant de la réalité de la vie dans de nombreuses réserves indiennes en Amérique du Nord, et notamment celle de Pine Ridge. Ne le prends pas mal, mais vous battez tous les records de misère sur le continent : chômage, suicides, obésité, diabète, consommation de drogue, alcoolisme...

– Je ne le prends pas mal, parce que c'est la réalité. Sans oublier le taux d'échec scolaire, le nombre de filles mères mineures, de meurtres, de viols... Cela me navre, mais tous les marqueurs de pauvreté sont au rouge dans les réserves.

– Peut-être que les Lakotas devraient se prendre en main au lieu de tout le temps se plaindre.

J'ai le souffle coupé par la réflexion de Malcolm.

– Qu'est-ce que tu veux dire ? demande Steve en lui lançant un regard noir.

– C'est vrai, quoi. Ils attendent que tout vienne du gouvernement, mais ils pourraient se bouger. Mon père dit que si tu mettais des Chinois dans une réserve indienne, en deux ans ils la transformeraient en affaire prospère, alors que les Indiens se laissent vivre.

Je ne peux pas me retenir plus longtemps :

– Ça, c'est vrai parce que les Asiatiques ont tous les atouts dans leur jeu : financements des banques, réseaux économiques, niveau d'éducation…

Comme j'ai haussé le ton, Steve lève la main en signe d'apaisement. Il prend ma suite pour s'adresser à Malcolm, mais plus calmement que moi :

– Elle a raison. Ça s'appelle le déterminisme social.

– Le quoi ?

– Déterminisme social. Ça veut dire que toi, tu es ce que tu es parce que tu viens d'un milieu favorisé qui t'a donné confiance en toi. Tu as des parents qui t'ont éduqué de manière que tu croies en ta légitimité, en tes projets, dans les opportunités qui se présenteront à toi. Imagine que tu viennes d'une famille de Lakotas à qui on a inculqué depuis des générations qu'ils étaient des sous-Américains sans aucune chance de succès, à qui on n'a pas donné les clefs de la réussite, qui est dépourvue de relations, à qui on n'offre que des jobs de merde, et que tu vives dans un pays ultra raciste… Tu n'as clairement pas les mêmes possibilités de t'épanouir dans la vie.

Malcolm se renfrogne. Il n'a pas d'arguments à opposer mais je ne suis pas sûre que ceux de Steve l'aient convaincu. Et pourtant, ils étaient forts ! J'aurais pu prononcer le même discours.

– Cela dit, poursuit Steve, il y en a d'autres à qui il manque l'environnement et l'éducation nécessaires pour réussir. Il n'y a pas que les *Native Americans* qui souffrent de discrimination.

Je le regarde en levant deux sourcils interrogateurs. Que veut-il dire ?

– Tous les Américains ne sont pas soit des Amérindiens soit des WASPs[5].

– Oui, je sais. Il y a les Afro-Américains, les *wetbacks*[6], il y a eu les Irlandais, les Polonais qui sont certes blancs mais qui en ont bavé pour faire leur place au soleil...

– Oui, mais c'est un peu plus compliqué que ça...

– Peut-être, je dis. En attendant, excuse-moi, mais je ne vois que des Blancs et une Indienne ici.

– Ce n'est pas tout à fait vrai. Moi par exemple. J'ai une grand-mère japonaise qui est née dans le camp de concentration de Harmony à Puyallup, dans l'État de Washington. Toute sa famille, qui était pourtant arrivée aux États-Unis dix ans plus tôt, y a été internée de 1942 jusqu'à la fin de la guerre.

Une grand-mère japonaise ! Je comprends mieux que Steve ait des yeux noirs et légèrement en amande... Ils sont bridés, tout simplement !

J'ai entendu parler de ces camps de réinstallation dans lesquels le gouvernement a enfermé tous les citoyens américains d'origine japonaise après l'attaque de Pearl Harbour, parce qu'ils étaient considérés comme suspects. Par la même occasion, ils ont été dépouillés de leurs

---

5. *White Anglo-Saxon Protestants* (protestants blancs anglo-saxons) fait référence à la classe dominante depuis la fondation des États-Unis.
6. Nom donné aux immigrants d'Amérique du Sud et d'Amérique centrale dans les années 1970.

possessions. Leurs maisons, leurs commerces... Tout leur a été volé par les *véritables Américains.*

Steve a donné toutes ces explications sans agressivité, sans le moindre cynisme ni la moindre aigreur. Au contraire, son ton est doux et compréhensif. On sent qu'il a longtemps réfléchi à ces questions, qu'il est parfaitement conscient de qui il est et sait dans quel pays il vit, ce que sa nation peut avoir de moche mais de beau aussi... Qu'il est en paix avec elle. Avec lui-même. Contrairement à moi.

– Tu es tout de même à trois quarts blanc.

– Certes, mais ça ne change rien.

– Ça change tout, au contraire. On ne te voit pas comme un Asiatique, de prime abord. Moi, par exemple, j'avais remarqué tes yeux légèrement bridés, mais jamais je n'aurais soupçonné que tu puisses avoir des ascendants japonais.

Après cet échange, l'ambiance de la soirée n'est plus la même. Il y a comme une gêne, entre nous, désormais. On dirait que chacun et chacune a son avis sur la question – un avis pas forcément conforme à celui que Steve vient d'exprimer, sans nécessairement être en accord avec celui de Malcolm non plus –, mais que personne n'a envie de se disputer. C'est la fin de l'année scolaire, c'est peut-être le dernier été qu'ils passent ensemble, ils ne veulent pas gâcher ce moment.

Quant à moi, je me sens mal à l'aise d'être l'objet de la discorde, même si je n'ai pas à culpabiliser d'être ce que je suis. Après tout, ce n'est pas moi qui ai amené le sujet sur la table.

C'est le moment que choisit Zak pour bondir sur ses pieds et lancer à la cantonade :

– Je retourne me baigner ! Qui m'aime me suive !

Et tous repartent à l'eau en poussant des cris. Seul Steve reste avec moi. Il reprend sa guitare et se remet à jouer du Neil Young. J'attends qu'il ait fini son morceau pour lui faire remarquer :

– Tu n'es pas comme eux, n'est-ce pas ?

– Qu'est-ce que tu veux dire ?

– Tu es à part, dans la bande. D'ailleurs, tu es le seul à ne pas rester à Lovelock.

– C'est vrai. J'ai décidé d'échapper à tout ça.

Du bras, il vient de désigner le lac, les montagnes, sa ville, le Nevada... Peut-être même ses copains.

– J'ai l'impression, poursuit-il, que toi aussi tu cherches à échapper à Pine Ridge. Je me trompe ?

Je suis décontenancée. Je n'aurais jamais cru que cela se voyait autant, qu'on puisse me *lire* aussi facilement.

Alors qu'en d'autres circonstances, je me serais refermée comme une huître, voire énervée en envoyant bouler celui qui aurait tenté de me percer à jour, cette fois, je ne sais pas pourquoi, parce que c'est Steve, parce que je perçois sa capacité d'écoute et son respect, je me livre et je lui fais des confidences que je n'ai faites à personne jusqu'à présent :

– Je suis comme toi, j'aime étudier, dis-je, et le timbre de ma voix, plus grave et plus profond que d'habitude, me surprend – c'est peut-être le ton de la sincérité. Mes amis du lycée râlent souvent contre les profs qui nous donnent du travail, et les cours qui demandent de l'assiduité. Ils voudraient jouer et traîner toute la journée dehors. Moi, c'est tout l'opposé. Dehors, je m'ennuie. Rester assise sur un muret à regarder les garçons faire les idiots dans la rue, très peu pour moi. Je préfère aller en cours.

Steve sourit et hoche la tête. Il voit très bien ce que je veux dire. Cela m'encourage à poursuivre.

– Tu ne l'as peut-être pas remarqué, mais j'ai un défaut au pied gauche. C'est de naissance.

Il ne sourit plus, mais il continue d'acquiescer. Il l'avait donc vu. Cette fois, j'hésite avant de continuer.

– Notre prof de littérature nous a enseigné que le personnage du boiteux, dans la mythologie et les contes, chez les écrivains classiques européens, est l'incarnation du Malin. Le Diable, si tu préfères. Tu n'imagines pas comment je me suis sentie quand il a prononcé ces mots. Tout le monde dans la classe s'est tourné vers moi. Certains ont rigolé. Le prof s'est rendu compte de ce qu'il venait de dire. Il a essayé de faire comme si rien ne s'était passé, mais les autres ne m'ont pas lâchée. Depuis, ils me lancent tous « *Vade retro Satanas* » quand ils me croisent dans les couloirs. C'est du latin, ça veut dire...

– « Retire-toi, Satan. » C'est ce qu'a dit le Christ lorsqu'il a refusé de se prosterner devant le diable.

Steve et moi demeurons un long moment silencieux. Steve se demande certainement où je veux en venir.

– Donc oui, pour répondre à ta question, je n'ai pas d'autre choix que de quitter Pine Ridge ; car si je résume la situation : j'ai seize ans, j'habite l'un des endroits les plus misérables du pays le plus riche de la planète, je suis affublée d'un pied déformé qui me procure une démarche de sorcière, et mes perspectives d'avenir sont presque aussi sombres que celles d'une immigrante clandestine. Il n'y a pas grand-chose qui joue en ma faveur.

– Au moins, ta situation ne peut pas empirer.

J'adore la réplique de Steve. Il arrive à plaisanter de mes malheurs sans se moquer de moi. Il a raison, il faut dédramatiser. Aussi, je continue dans le même registre, et je lui confie un autre *secret* dramatique sur le ton de la plaisanterie :

– Détrompe-toi ! Tout ce que je possède, c'est l'amour de ma mère et de mes sœurs. Or, ma mère vient d'être condamnée à un an de prison.

– Oh, mer...

– Comme tu dis. J'ai lu dans un de mes manuels d'histoire, au chapitre « Mythologie grecque », que ça s'appelle *tomber de Charybde en Scylla*. C'est-à-dire, aller de mal en pis. En découvrant la signification de cette expression, j'ai eu l'impression qu'elle avait été inventée pour mes sœurs et moi.

Là, Steve fait la plus belle chose qu'il puisse faire : au lieu de fuir mon regard, gêné par mes confessions, il se tourne vers moi et plante ses yeux dans les miens en affichant un sourire plein d'encouragement.

Ce n'est pas de la drague, je le sais. C'est purement amical. Malgré tout, je suis troublée par la situation. Heureusement, je suis tirée d'embarras par Sue qui surgit dans mon dos, et sous prétexte d'être pompette, se laisse tomber sur Steve. Je pense qu'elle est un peu amoureuse de lui.

– Qu'est-ce que vous faites ? Venez avec nous ! dit-elle d'une voix pâteuse.

Steve et moi nous levons et rejoignons les autres au bord du lac. Les garçons sont nus. Je détourne immédiatement le regard ; je n'ai jamais vu un garçon de mon âge nu. Les filles ont ôté leur haut de maillot. Moi, je n'oserais jamais.

– Je suis fatiguée, je dis. Je crois que je vais me coucher. Nous avons de la route, demain.

– Je comprends, dit Steve.

Les autres poussent des « Oh » et lancent des « Allez » pour me dissuader de partir. Mais je reste ferme et fais un salut général des deux mains.

– Bonsoir, tout le monde !

Les jumeaux me répondent en sautant dans l'eau. Leur comparse, Malcolm, émerge du lac et court dans ma direction. J'essaie de ne pas regarder en dessous de sa taille. En voyant fondre cette masse de muscles sur moi, j'ai un instant de panique ; je me demande ce qu'il me veut. Après ce qu'il a dit sur les miens ! Mais ce n'est pas ce à quoi je m'attendais, au contraire ; car il fait une mine penaude et me dit :

– Au fait, je te demande pardon pour tout à l'heure. C'était...

– ... Un peu débile ?

Malcolm est déstabilisé par ma remarque. J'éclate de rire, et il comprend que je le taquine.

– J'ai bêtement répété ce que dit mon père.

– On devrait se méfier de ce que disent nos parents ; ils n'ont pas toujours la science infuse.

Malcolm hoche la tête et m'envoie une bourrade.

– Je suis désolé, dit-il.

Pour lui, c'était une tape amicale, mais il m'a presque disloqué l'épaule.

Je n'ai pas le temps de le remercier ; il est déjà reparti à l'eau, ses fesses blanches brillant sous la lune.

Je vois les casques blonds d'Elena, Ninon et Laurie s'agiter en même temps que leurs bras pour me dire au revoir. Ryan se met à imiter le cri du coyote. Zak, enfin, fait un mouvement de la tête pour débarrasser son visage de ses longs cheveux mouillés ; puis, me repérant sur la berge, il sourit et me lance « Bonne route ! ».

Steve m'enlace longuement. Jamais je n'oublierai son étreinte, ni ses paroles.

– Prends soin de toi, petite Lakota. Et passe une belle vie.

J'ai la gorge serrée en retournant auprès de mes sœurs et je mets longtemps à trouver le sommeil. Plus tard, j'entends vaguement des bruits de moteurs lorsque la bande d'amis s'en va.

Au petit matin, quand Ray, Santee et moi quittons Toulon Lake à notre tour, ne restent plus comme traces de leur passage que quelques cendres tièdes à l'endroit où ils ont fait le feu, et les empreintes de pneus de leurs voitures à côté de celles de notre Dodge.

– Ils sont partis, tes amis ? demande Ray.

– Oui, ils sont partis.

Je souris mais j'ai l'estomac noué ; cela aura été une belle rencontre.

9

Il fait à peine jour quand nous quittons la route départementale pour remonter sur l'interstate 80. J'ai peu et mal dormi ; je sens que ça va être dur de conduire toute la journée. Mes sœurs ne sont pas dans un meilleur état.

Elles ont faim, aussi. Je décide de dépenser quelques dollars à la première station-service : un café pour moi, des muffins pour elles.

Mon téléphone indique deux appels manqués. Cela me crève le cœur ; chaque fois, c'est le même numéro inconnu. J'imagine que notre mère a cherché à nous joindre. Il y a également un SMS de Samantha Leaf qui me demande de la contacter le plus rapidement possible. Je n'en dis rien à Ray et Santee et j'éteins mon smartphone.

Nous arrivons en même temps que le gérant de la boutique Exxon. Il nous demande de lui laisser le temps d'allumer sa caisse. Nous devons même attendre qu'il déballe les muffins qui viennent de lui être livrés.

Nous traversons la boutique et nous dirigeons vers le fond du magasin, à côté des toilettes, là où se trouve la machine à café. Alors que je glisse des pièces de vingt *cents* dans la fente de l'appareil, un pick-up s'arrête à hauteur des pompes. À l'arrière, sur le plateau, des pelles et des outils.

Trois gars en descendent, habillés comme des ouvriers du bâtiment : chaussures de chantier, jeans élimés et rapiécés, tee-shirts moulants et casquettes aux couleurs d'équipes de football locales. Pendant que le conducteur se sert en gazoline, les deux autres se dirigent vers la boutique. Ils commandent des cigarettes et se mettent à commenter des résultats sportifs. Je ne capte que quelques bribes de leur conversation, mais je comprends qu'il s'agit d'un match qui s'est tenu la veille à Carson City. Une fois le plein fait, leur collègue les rejoint. C'est lui qui nous aperçoit en entrant dans le magasin ; les autres ne nous avaient pas encore vues.

Ils suivent son regard et découvrent qu'ils ne sont pas seuls. Je devine immédiatement qu'ils ne portent pas les *Native Americans* dans leur cœur.

– Tiens tiens, regardez qui est là ! dit l'un.

– Des Indiennes ! dit un autre.

– Qu'est-ce que vous fichez en dehors de votre réserve ?

– C'est vrai ça, c'est un peu tôt pour des feignasses d'Indiens !

Ray et Santee, sentant l'animosité des trois hommes, se sont rapprochées de leur grande sœur. Je regarde quant à moi en direction de l'employé de la station-service, cherchant son soutien. Je me dis que les choses ne peuvent pas déraper, pas devant un témoin, pas dans une boutique truffée de caméras !

Mais les types insistent. Ils continuent à me demander les raisons de notre présence ici. Ils s'approchent même, ajoutant aux mots la menace physique.

Enfin, l'employé réagit :

– Allez, les gars, ça suffit.

Il semble les connaître, ce qui me rassure un peu.

– C'est bon, Parker. On veut juste donner une petite leçon à ces trois-là. C'est pas un endroit pour des gamines de leur âge.

– C'est vrai ça, elles pourraient faire de mauvaises rencontres !

Celui qui vient de parler est le même qui nous a traitées de feignasses. À croire qu'il ne sait pas commencer une phrase autrement que par « C'est vrai ça ». Mais l'employé de la station-service n'a pas l'intention de les laisser faire.

– Vous voyez bien que vous leur foutez la trouille. Arrêtez vos conneries maintenant, sinon je devrai en parler à Mac.

Les trois affreux jojos sourient méchamment mais font machine arrière.

– T'es pas marrant, Parker, dit le meneur à notre sauveur d'un air menaçant.

– C'est vrai ça, tu devrais te détendre.

– Ouais, ça te jouera des mauvais tours, un jour.

Enfin, ils se décident à sortir. Ils remontent dans leur véhicule et s'en vont en ricanant. Je vois leurs vilaines têtes derrière les vitres terreuses de leur camionnette à plateau.

– Je suis désolé, dit l'employé. Ils ne sont pas bien méchants, juste un peu bêtes.

– Si, ils sont méchants, s'écrie Ray, ce qui surprend autant Santee que moi.

Derrière sa caisse, Parker ne trouve rien à répondre.

– Bêtes et méchants, ajoute Santee qui a toujours le sens de l'à-propos.

– Je vais prendre deux muffins, dis-je pour couper court au malaise.

– Je vous les offre, dit l'employé. Pour la peine.

– Non, mais...

– J'insiste. C'est la moindre des choses.

Ray et Santee salivent déjà. Elles me consultent du regard, attendant mon approbation avant de faire main basse sur les gâteaux ; ceux-ci seront d'autant meilleurs qu'ils leur auront été offerts.

– Bon, d'accord.

Mes sœurs se ruent sur les sachets qu'il leur tend. Je n'oublie pas de leur rappeler la règle élémentaire de politesse :

– Qu'est-ce qu'on dit ?

– Merci, s'exclament-elles en chœur.

– Avec plaisir, répond le monsieur.

Nous sortons de la boutique et nous dirigeons vers la Dodge. Je redémarre en saluant l'employé de la station-service d'un geste de la main.

La voiture n'a pas le temps de prendre son élan ; les pompes à essence sont encore en vue lorsque le pick-up des trois sales types apparaît dans mon rétroviseur.

– Oh, non !

Je n'ai pas pu retenir un cri d'effroi. Je m'en veux car, du coup, mes sœurs ont compris que quelque chose d'anormal se passait, et elles se sont retournées sur la banquette arrière. À présent, elles sont aux cent coups.

– Ce sont les bêtes et méchants ! hurle Ray.

– Calme-toi, je dis, essayant de faire preuve de sang-froid.

– Qu'est-ce qu'ils veulent ? demande Santee.

– Rien. Nous intimider, c'est tout. Mais on ne va pas se laisser faire ! N'est-ce pas les filles ?

Comme elles ne répondent pas, j'ajoute sur un ton bravache :

– Ce sont des imbéciles mais ils ne peuvent rien contre nous.

J'accélère progressivement, poussant la pauvre Dodge au-delà de ses limites. Le moteur se met à vrombir et la carrosserie à trembler dans tous les sens... Ce qui fait d'autant plus peur à Ray et Santee.

Nous parvenons tout juste à maintenir notre avance mais l'écart se compte en dizaines de mètres à peine. Je distingue les visages hilares des trois horribles bonshommes. Ils sont fiers d'eux ! J'aperçois même les gestes obscènes qu'ils nous adressent. Je demande à Ray et Santee de se rasseoir correctement. Mais c'est inutile ; elles ont beau être terrifiées, elles continuent à me rendre compte de la distance entre le pick-up et la Dodge.

Ils nous font des appels de phares et j'entends le bruit continu de leur klaxon.

Leur camionnette à plateau n'est pas à proprement parler une voiture de course destinée à battre des records de vitesse, mais notre break est aussi lourd que vieux. Même en roulant pied au plancher, je ne parviendrai pas à les semer. J'espère pouvoir tenir jusqu'à la prochaine ville. Si je fais mine de m'arrêter à un poste de police ou une aire de service, ils seront bien obligés de s'avouer vaincus et de faire demi-tour.

Après un quart d'heure à cette allure, la Dodge commence à donner des signes de fatigue. J'ai l'impression qu'elle ralentit toute seule. Comme hier pendant la traversée du désert de sel, je crains à tout moment que le moteur se mette à fumer, que le joint de culasse se fende sous l'effet du surrégime et nous contraigne à nous arrêter au bord de la route. Cependant, je maintiens la pédale d'accélérateur écrasée ; je dois changer de pied tellement j'ai mal à force d'appuyer.

Mes sœurs continuent de scruter l'horizon, à genoux sur la banquette, tournées vers la vitre arrière. Elles me confirment l'impression que j'ai depuis cinq minutes : petit à petit, inexorablement, le pick-up gagne du terrain.

Je pourrais appeler des secours, mais cela reviendrait à nous dénoncer nous-mêmes. Qu'adviendrait-il de nous alors ?

Nous roulons depuis vingt-cinq minutes, le niveau d'essence descend aussi vite que l'indicateur de température du moteur monte. J'ai un œil rivé sur le voyant d'huile, l'autre sur la route.

La Dodge soutient cette allure depuis une demi-heure lorsque j'aperçois enfin un panneau de signalisation : la ville de Fernley est donnée à seize kilomètres. Derrière, le pick-up se rapproche, mais Fernley également ! J'aperçois bientôt les hangars de la zone commerciale. Encore cinq minutes à cette vitesse et nous entrerons dans les faubourgs. Le pick-up est toujours dans notre sillage, mais il marque le pas, ne cherchant plus à nous rattraper. Ils ont compris que c'était fini.

Au moment où j'emprunte la sortie d'autoroute, je découvre un immense panneau indiquant Fernley à gauche, Pyramid Lake à droite.

– C'est une réserve indienne, les gens d'hier soir m'en ont parlé ! On va s'y réfugier.

J'espère pouvoir compter sur la solidarité entre *Native Americans*, même si je sais qu'elle n'existe pas vraiment. Les gens nous voient comme un peuple uni, mais ce n'est pas le cas.

Quoi qu'il en soit, ce sera toujours mieux que de frapper à la porte d'un poste de police ou d'un commerce. Le premier n'est pas une option, mais j'ai aussi appris à me méfier des bons citoyens des petites villes de l'Ouest.

Au lieu de tourner vers le centre-ville, je pars donc dans la direction opposée, celle de la réserve.

– Ils s'en vont ! s'écrie Santee.

Un coup d'œil dans le rétroviseur me confirme que le pick-up s'est arrêté au stop et a fait demi-tour. Un immense panneau en bord de route avertit le voyageur qu'il entre sur le territoire païute, dans la réserve indienne fédérale de Pyramid Lake. Nos poursuivants ont dû en déduire que nous y trouverions du soutien et ça a suffi à les décourager.

– On les a eus ! je lance. Bravo, les filles !

À l'arrière, Ray éclate en sanglots.

– Je veux voir maman ! dit-elle une première fois.

Santee la prend dans ses bras mais elle n'en mène pas large non plus. Je ne suis pas certaine qu'elle soit en état de consoler notre petite sœur ; elle se raccroche à elle autant qu'elle cherche à la rassurer.

Ray continue à pleurer et se met à réclamer notre mère en boucle.

Je vérifie que nous ne sommes effectivement plus suivies avant de me garer sur le bas-côté. Je me retourne sur mon siège et attrape Ray pour la faire passer à l'avant, sur mes genoux, mais il n'y a rien que je puisse dire ou faire qui parvienne à calmer ce qui ressemble de plus en plus à une crise de nerfs. Le manque de sommeil, la fatigue de la route, l'incertitude des jours à venir, et enfin la course-poursuite en voiture... Tout cela est trop pour elle.

Je consulte Santee du regard : elle essaie de faire bonne figure, mais sa lèvre inférieure tremble. Elle est sur le point de craquer, elle aussi.

La confiance en leur grande sœur a été émoussée. Mes histoires de vacances en Californie, d'année de camping dans un mobile-home, ne tiennent plus. Elles sont trop jeunes pour mesurer la profondeur du bourbier dans lequel nous nous trouvons, mais elles sentent que ça va mal. Et puis, elles ont perçu que j'avais eu peur, moi aussi. Je ne suis plus Denisa Bearfoot l'invincible, je n'ai plus réponse à tout. Et surtout, j'agis contre l'avis de notre mère.

Je fais signe à Santee de nous rejoindre à l'avant. Elle ne se fait pas prier. D'un bond, elle passe sur le siège passager et se colle contre moi. Nous demeurons un long moment ainsi, immobiles. Peu à peu, les sanglots de Ray deviennent hoquets, puis simples reniflements. Sa respiration se fait plus lente. Enfin, je reconnais le rythme régulier avec lequel sa poitrine monte et descend lorsqu'elle dort.

Santee s'est assoupie, elle aussi, mais lorsque je redémarre, elle se redresse dans son siège.

– Tu es sûre qu'ils ne sont plus là ? elle demande à voix basse pour ne pas réveiller Ray.

– Oui. Tu n'as plus à t'inquiéter. Nous ne risquons plus rien.

– Où on va ?

– Dans la réserve indienne. On va trouver un coin où se cacher et se remettre de nos émotions avant de repartir.

Quelques kilomètres plus loin, le parking vide d'un restaurant fermé me tend les bras. Je me gare à l'arrière de l'établissement, coupe le moteur et ferme les yeux. Mes sœurs dorment, Ray toujours sur mes genoux, Santee contre moi. Nous sommes en sécurité, je peux enfin souffler. Je ferme les yeux.

10

Je suis réveillée en sursaut par trois coups secs donnés contre le pare-brise.

Une femme, une *Native American*, m'indique qu'elle veut me parler.

Elle a l'âge de notre mère et porte un uniforme aux couleurs du bar-restaurant, le Pyramid Inn, derrière lequel je me suis garée sans me rendre compte que c'était le parking du personnel. D'ailleurs, il est écrit « Staff » en gros sur le polo de la dame. Je comprends qu'elle vient d'arriver pour prendre son service et qu'elle est tombée sur nous.

Je sais ce qu'elle va me dire : nous ne pouvons pas rester ici. Je lui fais signe que j'ai compris, on s'en va. Mais elle insiste et fait le geste de tourner la manivelle pour que je descende la vitre. Elle me sourit, m'indiquant par là même qu'elle ne nous veut pas de mal.

Il fait déjà très chaud à l'intérieur. J'actionne le mécanisme électrique et ma vitre s'abaisse avec un petit bruit fatigué. Un air frais pénètre dans l'habitacle.

– Bonjour, chuchote la femme.

– Bonjour, je réponds à voix basse moi aussi.

– Qu'est-ce que vous faites là ?

– Désolée. J'étais fatiguée, je me suis arrêtée et me suis endormie sans m'en rendre compte. Nous repartons tout de suite...

Je mets la main sur le contact, mais elle m'arrête :

– Non, non. Attends ! Ne réveille pas les petites... Ce sont tes filles ?

Je suis surprise qu'elle puisse imaginer que j'aie déjà des enfants à mon âge, même si je parais un peu plus vieille que je ne le suis.

– Non, mes sœurs.

– Laisse-les dormir. Je voulais juste m'assurer que tout allait bien, que vous n'aviez besoin de rien.

Elle m'observe, dubitative, alors que je réponds :

– Non, merci, vraiment, tout va bien.

– Je m'appelle Kathryn Winnemucca, dit-elle. Et toi ?

Winnemucca ! Le nom mentionné par Steve hier soir. Kathryn serait-elle de la même famille que cette femme qui a fondé une école indienne à Lovelock ?

– Denisa Bearfoot Esper.

– Tu n'es pas une Païute.

– Non. Je suis oglala lakota.

– De Pine Ridge ?

Je hoche la tête.

– Viens prendre un café. J'ai l'impression que tu en as besoin.

– Je ne peux pas laisser mes sœurs toutes seules.

– Nous nous installerons ici, dit-elle en désignant du menton un banc et un gros cendrier en béton à l'arrière du bâtiment, qui doivent constituer le coin fumeur du personnel. Tu pourras surveiller la voiture pendant que nous papoterons. Je ne prends mon service que dans un quart d'heure, j'ai encore un peu de temps.

Mes yeux font des allers-retours entre le parking et le restaurant. Kathryn soupçonne que je m'inquiète d'être surprise par quelqu'un.

– Personne n'embauche avant 11 heures, ne t'en fais pas. Je suis censée faire le ménage de la salle avant l'arrivée des équipes en cuisine.

Cinq minutes plus tard, Kathryn et moi sommes assises côte à côte sur le banc. J'ai un café noir à la main, et elle allume une cigarette.

Kathryn n'est pas du genre à y aller par quatre chemins, car contrairement à l'usage indien qui veut qu'on n'aborde jamais les problèmes de façon frontale, elle me questionne sans détour :

– Alors, dis-moi : je sais déjà d'où vous venez, mais vous allez où ?

– En Californie. Un travail m'attend là-bas.

– Hum. Très bien. Et ça vous arrive souvent de dormir au bord de la route ?

– Je vous l'ai dit : j'étais fatiguée, je me suis arrêtée dès que j'ai pu pour me reposer cinq minutes ; je ne pensais pas m'endormir.

– Pourtant, si tu viens de l'est, Pyramid Lake n'est pas vraiment sur la route de la Californie. Vous avez fait un petit détour.

– C'était pour m'éloigner de l'autoroute. Je ne voulais pas faire... de mauvaises rencontres.

– Vous avez déjà fait de mauvaises rencontres ?

Cette femme a des antennes. Elle commence à m'agacer avec ses questions. Je revois les trois hommes, la calandre du pick-up, les appels de phares et les coups de klaxon...

La voix de Kathryn se fait plus grave.

– Tu sais que c'est dangereux pour trois filles de voyager seules ? Sans parler de dormir dans votre voiture au bord d'une route !

– Oui, je sais qu'il faut faire attention...

– Tu as entendu parler des *Native Americans* qui disparaissent aux États-Unis chaque année, qu'on retrouve mortes ou qu'on ne retrouve jamais ?

– Je...

– Tes parents ne t'ont pas expliqué ces choses-là ?

– Si...

– Ils sont où, vos parents ?

– Mon père ne vit plus à la maison, mais ma mère est chez nous, à Pine Ridge.

– Et elle vous a laissées partir jusqu'en Californie ? Elle t'a confié la responsabilité de tes sœurs, à ton âge ?

– Mon âge ?

– Ne me dis pas que tu es majeure, Denisa Bearfoot, si tant est que ce soit ton véritable nom.

– Bien sûr que c'est mon nom !

– Et donc, dix-huit ans, ce n'est pas ton âge ?

Je rougis d'être tombée dans un piège aussi grossier.

Kathryn tire une bouffée sur sa cigarette et relâche longuement la fumée, comme si elle me laissait le temps de réfléchir.

– Tu veux mon avis ? me dit-elle.

Question rhétorique, me dirait mon professeur de littérature. Inutile d'y répondre. Kathryn va me donner son avis de toute façon.

– Tu devrais m'affranchir.

– Vous affranchir ? Qu'est-ce que ça veut dire ?

– Tout me dire.

Je mime l'ignorance et l'incompréhension.

– Inutile de crâner. Ça se voit comme le nez au milieu de la figure.

– Quoi ?

– Que tes sœurs et toi, vous êtes paumées.

– On n'est pas perdues !

– Ce n'est pas dans ce sens qu'il fallait l'entendre. D'après moi, vous avez des problèmes, et vous avez besoin d'aide. Je peux vous apporter cette aide. Mais il faut que tu sois honnête avec moi. Commence par me dire pourquoi trois Lakotas viennent se réfugier dans une réserve païute ? Ça ressemble à un sauve-qui-peut.

« Se réfugier ». Kathryn a employé la même expression, mot pour mot, que moi tout à l'heure avec Ray et Santee. C'est comme si elle avait des pouvoirs de télépathe. Ou comme si elle avait déjà vécu ce que nous traversons, ou déjà vu ce film des dizaines de fois.

Alors, je prends une profonde inspiration et je me lance. Je lui raconte tout : l'arrestation de ma mère, la décision du juge, le coup de téléphone des services sociaux, notre fugue de Pine Ridge, notre rencontre avec Amy et Roger, la soirée d'hier au bord de Toulon Lake, et, bien sûr, les trois bonshommes qui nous ont prises en chasse ce matin.

Tout en parlant, je n'arrive pas à croiser le regard de Kathryn. Je fixe la voiture où mes petites sœurs dorment toujours. J'ai honte de ce que je suis contrainte d'avouer. Quelle image est-ce que je donne de ma mère, de ma famille ? Mais je suis fatiguée de dissimuler mes émotions, de cacher mes frayeurs... La fierté est un luxe que je ne peux plus me payer, et je sens que Kathryn est la bonne personne à qui me confier.

Encore une fois, j'ai l'impression qu'elle a des dons de voyante car elle pose sa main sur ma cuisse et me dit d'une voix rassurante :

– Hey, tu es victime de ce qui t'arrive, pas responsable... Encore moins coupable.

Elle finit sa cigarette sans ajouter quoi que ce soit. Elle réfléchit, et je me garde bien de troubler ses pensées. Encore une règle qu'on inculque aux jeunes *Native Americans* : ne jamais s'adresser à un adulte si on n'y est pas invité, surtout si c'est pour donner son opinion. Un code de conduite qui vaut aussi pour les adultes en présence des anciens.

Après avoir écrasé sa cigarette dans le sable du cendrier, elle relève la tête et me dit :

– Est-ce que vous avez avalé quelque chose ce matin ?

– Mes sœurs ont mangé un muffin. Moi, j'ai seulement bu un café. Deux avec celui-ci.

– Tu sais quoi ? Vous allez commencer par prendre un solide petit déjeuner.

– Je n'ai plus tellement d'argent.

– Ne t'en fais pas pour ça : vous mangerez les restes d'hier. Ils sont encore très bons. Je suis supposée les jeter à la poubelle mais j'ai toujours trouvé que c'était du gâchis. Quand je pense aux Païutes qui n'ont pas de quoi manger trois repas par jour ! J'en ai déjà parlé à la direction, mais ils refusent catégoriquement que je les distribue à des nécessiteux de la communauté, soi-disant pour des questions d'hygiène et de sécurité alimentaire. Tu comprends, les propriétaires sont des Blancs de Reno. Ils n'ont pas la même notion de la péremption que nous. Quand tu as faim, tu es moins regardant sur l'étiquette.

– Je croyais que c'était une réserve indienne.

Kathryn a un petit rire triste.

– Les employés sont païutes mais, comme toutes les autres infrastructures touristiques sur la réserve, restaurants, hôtels, agence de location de bateaux *et cætera*, le Pyramid Inn appartient à des non-Indiens. Ça crée de l'emploi pour nous, certes, mais les bénéfices vont aux Blancs, et le capital reste aux mains des Blancs.

Je demeure pensive. Au moins, les Païutes ont des hôtels et des restaurants. Chez nous, à Pine Ridge, il n'y a rien.

– Ce n'est pas partout pareil, poursuit-elle. Il y a des nations indiennes qui investissent dans leurs propres hôtels, leurs propres casinos... Les Navajos, par exemple, s'en sortent mieux que nous ; les Osages d'Oklahoma également.

Je m'intéresse peu à la politique, mais je risque une théorie dont j'ai entendu le chef de notre tribu parler un jour, dans un de ses discours. C'était au lycée, lors d'une cérémonie à laquelle il avait été invité :

– Il faudrait que toutes les tribus du pays soient solidaires et que celles qui ont des capitaux investissent dans d'autres réserves indiennes, ou leur prêtent de l'argent.

– C'est ce que disait Leonard Peltier, mais regarde où ça l'a mené, et où il se trouve encore, quarante ans plus tard. Disons que c'est une belle utopie, et j'ai la faiblesse de partager cette vision idyllique.

Bien évidemment, je connais l'histoire de Leonard Peltier, un Oglala Lakota membre de l'*American Indian Movement*, qui militait pour une plus grande reconnaissance des droits des *Native Americans*, accusé sans preuve du meurtre de deux agents du FBI et emprisonné depuis plus de quarante ans. Qui n'a pas entendu parler de lui à Pine Ridge ?... Même si tout le monde n'est pas d'accord avec les méthodes prônées par l'AIM, dont les membres n'hésitaient pas à avoir recours à la violence. Kathryn aurait-elle fait partie de l'AIM ? C'est le genre de sujet que l'on n'aborde pas aisément entre *Native Americans*. Je n'en saurai pas davantage car Kathryn interrompt mes réflexions :

– En attendant, comme je te le disais, c'est moi qui vous « offre » le petit déjeuner ce matin. Ensuite, nous aviserons.

Je ne sais pas ce que Kathryn veut dire par là, mais j'ai l'impression qu'elle a déjà sa petite idée.

11

Kathryn n'a eu aucune difficulté à apprivoiser Ray et Santee. Pour les faire renoncer à leur timidité, il a suffi qu'elle leur fasse miroiter un petit déjeuner à base de gaufres, de *biscuits* recouverts de sauce *gravy* et de pain frit. D'ailleurs, mes sœurs, affamées, l'engloutissent en moins de deux.

Puis, elle nous invite à nous reposer chez elle pendant qu'elle travaille. Je proteste mollement :

– Je ne sais pas si nous pouvons rester aussi longtemps.

– De toute façon, tu ne sais pas où aller. Nous parlerons de tout cela plus tard, après mon service.

Elle m'indique alors comment nous rendre à sa maison. Mais d'abord, elle téléphone à sa fille Ann-Mary pour lui expliquer notre situation et lui demander de nous recevoir comme des invitées de marque.

J'entends sa fille râler au téléphone parce qu'elle est en vacances et dormait encore quand sa mère a appelé. Mais elle est tout sourire au moment où elle nous ouvre la porte.

Le fait que sa mère invite des inconnues chez elles n'a pas l'air de la surprendre outre mesure.

Nous sommes aussi accueillies par un énorme chien blanc à poil très long. Ray a un mouvement de recul.

– Il est très gentil, n'aie pas peur, dit Ann-Mary.

– Comment il s'appelle ? demande Santee.

– Longhair.

En attendant son nom, celui-ci se met à remuer la queue. Ray fait un pas timide dans sa direction, et il entreprend de lui lécher les mains. Ma petite sœur pousse un cri joyeux. Deux secondes plus tard, elle est en train d'essayer de le chevaucher.

Nous pouvons enfin prendre une douche et nous changer.

Ann-Mary est assez aimable pour accepter de jouer le rôle d'hôtesse au pied levé. Elle a quatorze ans, mais son coffre à Playmobil et à Lego est encore facilement accessible dans le garage. Dès qu'elle l'ouvre, Ray et Santee adoptent aussitôt la fille de Kathryn comme meilleure amie officielle.

Devant tant de gentillesse, j'oublie que nous avons de la route et j'accepte de lâcher prise pendant une journée.

Kathryn rentre en milieu d'après-midi. Elle a une pause de quelques heures avant de reprendre son travail pour le service du soir.

Elle est en train de se préparer un café lorsque quelqu'un klaxonne dans l'allée.

– C'est Laylow, dit Kathryn.

– Laylow ?

– Mon meilleur ami. Je lui ai demandé de passer pour étudier votre cas.

– Étudier notre cas ?

– Il a longtemps travaillé en Californie, il connaît encore beaucoup de monde là-bas. Mais il tenait à vous rencontrer avant de vous recommander.

– Nous recommander ?

– Il est méfiant. Il veut s'assurer que vous méritez son aide.

– Que… ?

– Ne t'inquiète pas, il est comme un frère pour moi, nous nous connaissons depuis le berceau, ça va bien se passer.

L'homme est tellement immense qu'il a toutes les difficultés à s'extraire de son SUV dont les dimensions sont pourtant à la mesure de celles de son propriétaire. Le nom de Laylow n'est pas du tout approprié à son gabarit ! On le voit mal faire profil bas avec ses deux mètres et sa carrure de footballeur américain. Ses longs cheveux noirs attachés en queue-de-cheval ne font rien pour adoucir son air féroce.

Il entre sans frapper mais doit baisser la tête pour passer le seuil de la porte.

– Alors, c'est vous, les sœurs lakotas ?

– Euh…

Laylow nous inspecte rapidement. Il se fait une opinion instantanée.

– Il faudra trouver quelqu'un pour garder les petites une fois que vous serez là-bas. Quant à toi, dit-il en désignant mon pied bot, tu peux travailler avec ça ?

Je reste sans voix. Jamais on n'a abordé la question de mon infirmité de façon aussi franche.

– Alors ? Réponds-moi. C'est un problème pour travailler dans les champs, oui ou non ?

– Non, je bégaie.

– Bon. On verra de toute façon. Raconte-moi votre histoire, pour commencer.

Je relate notre aventure pour la deuxième fois aujourd'hui. Kathryn n'intervient pas. Elle laisse Laylow m'interrompre lorsqu'il souhaite que je précise certains points. Le visage du géant ne laisse transparaître aucune émotion. J'ai l'impression de passer un examen.

À la fin, sans nous avoir fait part de ses conclusions, il retourne à sa voiture et en revient avec des côtes de porc.

– Je vais préparer le barbecue, déclare-t-il, impassible.

– Alors, vieil ours mal léché, tu vas les aider ou pas ! demande Kathryn, un sourire au coin des lèvres.

– Je vais voir ce que je peux faire, grommelle-t-il avant de sortir dans le jardin.

Kathryn le regarde se diriger vers un tas de petit bois en secouant la tête.

– Ne t'en fais pas. Il a l'air bourru de prime abord, mais c'est une crème.

– Il *est* bourru, il n'en a pas que l'air !

– Je t'assure que c'est un ange. Il faut du temps pour qu'il se laisse amadouer, mais une fois qu'il a décidé de t'accorder sa confiance, il donnerait sa vie pour toi. Je le connais, il va t'aider.

– Je ne vois pas ce qui vous fait croire cela.

– Il a juste un peu de mal avec les Lakotas, c'est pour ça.

– Mais pourquoi ?

– Bah, ce sont des histoires qui remontent à des temps immémoriaux. Lui-même n'en connaît pas la cause. Mais regarde-le, il est déjà en train de passer des coups de fil.

En effet, Laylow tient son téléphone portable collé contre son oreille tout en allumant le feu du barbecue.

– Vous croyez ?

– J'en suis certaine. Il va te dégoter un petit boulot, un endroit où crécher et une mamie qui s'occupera de tes sœurs. Il a un réseau énorme. Allons, passons au jardin. On va apporter ces sandwichs aux demoiselles de Pine Ridge. Ensuite, je devrai retourner au restaurant.

– Et nous, on reprendra la route.

– Hors de question. Vous dormez ici ce soir. Une bonne nuit de sommeil ne vous fera pas de mal.

– Mais... ?

– Regarde comme tes sœurs s'amusent. Prends la citronnade dans le frigo.

Fin de la discussion ; il semble qu'il n'y ait pas moyen de contredire Kathryn. J'ai un peu de mal à croire que les choses seront aussi faciles qu'elle le laisse entendre, mais nous n'avons pas d'autre choix que de lui faire confiance ; et de nous en remettre à son vieil ami bougon.

Kathryn sort avec le plateau débordant de sandwichs. J'entends les filles crier de joie. C'est vrai qu'elles sont heureuses ici.

– Alors ? Tu leur as trouvé quelque chose ? demande-t-elle à Laylow.

– Peut-être. J'attends confirmation.

– Ce serait quoi ?

– Une exploitation fruiticole à Marysville, à quelques kilomètres de Yuba City, au nord de Sacramento.

Kathryn pose le plateau sur la table de jardin et embrasse Laylow sur la joue.

– Merci, lui dit-elle. Je file. À ce soir, lance-t-elle à Ann-Mary et moi. Ou demain matin, car vous serez peut-être déjà couchées quand je rentrerai. Ne m'attendez pas en tout cas.

Puis, elle monte dans sa voiture et met le contact. Le temps qu'elle remonte l'allée, on n'entend que les éclats de rire des filles jouant avec Ann-Mary et le chien. Laylow dispose du bois un peu plus épais sur les brindilles. Quand il y a suffisamment de flammes, il verse du charbon de bois sur les planchettes déjà consumées.

Je fais un effort pour surmonter ma timidité :

– Au fait, merci de nous aider.

Laylow laisse passer quelques secondes avant de réagir.

– Je le fais parce que Kathryn me l'a demandé.

Décidément, il a décidé de ne pas me faciliter la tâche.

– J'avoue que je n'en reviens pas de ce qu'elle fait pour nous. C'est rare, des gens aussi généreux.

– Kathryn est quelqu'un de rare, en effet.

Kathryn m'a dit que Laylow était son meilleur ami, mais je crois qu'il y a autre chose. Ce qu'il ressent pour elle est au-delà de l'amitié. Je l'entends dans sa voix, je le vois dans ses yeux. Une seule personne a son estime sur cette planète, et c'est Kathryn. Il l'admire, purement et simplement. Mon impression est confirmée par ce qu'il me dit ensuite :

– Tu sais qui elle est, exactement ?

C'est autant une question qu'une menace. J'ai le sentiment qu'il va m'engueuler si je ne donne pas la bonne réponse.

– Non, je dis sur un ton hésitant.

– Kathryn est la descendante directe de Chef Winnemucca. Son arrière-arrière-grand-mère était la sœur de Sarah Winnemucca, l'écrivaine qui œuvrait pour la cause indienne à la fin du XIXe siècle. Les Winnemucca sont une grande famille de guides spirituels. Kathryn n'oublie jamais d'où elle vient, ni ce que notre peuple a subi. Elle est très engagée dans la défense des droits des *Native Americans*, et très écoutée par les membres de la tribu. Ici, sa parole est respectée.

– Comment ça se fait qu'elle s'occupe du ménage dans un restaurant si elle a un rôle aussi important au sein de la réserve ?

– Il n'y a rien de déshonorant à travailler comme femme de ménage.

Laylow me fusille du regard.

– Non, bien sûr, mais...

– Kathryn se méfie du pouvoir. Elle a systématiquement refusé les postes à responsabilité que le conseil tribal ou le gouvernement fédéral lui ont proposés. Elle préfère rester proche des siens et parler librement. Elle pense notamment que tous les Indiens d'Amérique du Nord devraient s'unir. Elle considère que cela commence par la solidarité entre les individus. C'est pour cela qu'elle vous aide ; pas pour vos beaux yeux de Lakotas irresponsables.

Sur le moment, je crois avoir mal entendu. Puis, je me dis que c'est du second degré ; il plaisante. Mais aucun signe sur son visage n'indique qu'il s'agit d'humour ou d'ironie. Laylow pense sincèrement ce qu'il vient de me jeter à la figure.

– Pardon ?

– J'ai beaucoup de respect pour Kathryn. C'est une femme de conviction. Mais je ne suis pas comme elle : je ne crois pas en l'union des peuples amérindiens. Nous ne sommes pas tous les mêmes. Les Lakotas, par exemple, sont devenus des ivrognes ou des drogués, souvent les deux. Ce sont des fainéants sur qui on ne peut absolument pas compter.

– Mais... ?

– C'était un peuple de guerriers, c'est devenu un peuple de mendiants.

– Comment pouvez-vous dire des horreurs pareilles ? Vous savez que je suis une Oglala Lakota ?

– Cela ne change rien. Même si la vérité est parfois dure à entendre, c'est bien de dire les choses telles qu'elles sont : ton peuple ne se prend plus en main. Il attend que l'aide lui tombe du ciel. Comme vous trois aujourd'hui.

Je ne sais pas quoi répondre. Ce qui est le plus dur à admettre, c'est qu'il n'est pas loin d'avoir raison. Il a évidemment tort de généraliser, et à mon avis il manque de compassion – l'alcoolisme et l'addiction à la drogue sont des maladies ; les trafiquants sont des criminels, les usagers des victimes, pas des coupables – mais son opinion est confirmée par l'exemple de ma propre famille. Car si je fais le bilan autour de moi, le résultat est édifiant : mon père alcoolique battait sa femme avant de l'abandonner avec ses trois filles, ma mère est en prison pour conduite en état d'ivresse, la consommation de méthamphétamine de mon oncle justifie qu'il n'ait pas été désigné comme tuteur de ses nièces pendant l'incarcération de sa sœur…

Pour autant, ça ne fait pas de Ray, Santee et moi des assistées qui attendent que tout leur « tombe du ciel ». Je connais des tas d'Oglalas Lakotas qui se battent pour que les choses changent, et pour que Pine Ridge génère ses propres revenus et devienne autre chose qu'un ghetto dont les habitants subsistent grâce aux aides sociales.

Je suis outrée par le ton hautain et méprisant de ce Laylow. Je voudrais lui faire ravaler ses paroles mais il m'impressionne trop pour cela, et ce n'est pas dans mes habitudes de contredire un adulte. De plus, j'ai besoin de son aide et de ses contacts en Californie ; je ne lui exprime donc pas le fond de ma pensée et ne lui adresse plus la parole. Je retourne auprès d'Ann-Mary et de mes sœurs, dont la conversation sera plus agréable. Même le chien est plus affable que cette espèce de grizzli malpoli.

Laylow manque certainement de manières, mais ses contacts se révèlent efficaces. En effet, plus tard dans la soirée il me donne les coordonnées d'un agriculteur.

– Il vous a trouvé un camping où vous pourrez louer un mobile-home. Donne-moi ton numéro de téléphone, je vais t'envoyer l'adresse. Tu t'y installeras demain. Lui-même t'attend après-demain à 6 h 45 pétantes sur son exploitation. Tu diras aux gens du camping que tu viens de la part de mon ami, Mike, de Sodaro Orchards.

Je note tout dans mon smartphone. Je suis évidemment obligée de rompre mon vœu de silence.

– C'est génial, merci beaucoup.

– Il n'a pas de solution pour faire garder tes sœurs pour l'instant, mais ça pourra s'organiser dans un deuxième temps.

– Bien sûr. On se débrouillera en attendant.

– Mike est un ami de longue date qui me fait une faveur. Vous avez intérêt à vous tenir à carreau, là-bas.

– Ne vous inquiétez pas...

– Ne me faites pas honte ! Je te préviens.

–Je vous le promets : je travaillerai dur et nous ne ferons pas d'histoires.

Laylow plante son regard dans le mien. Dans ses yeux, il y a la promesse d'un déluge de feu à côté duquel les colères de Wakan-Tanka[7] ne sont rien si nous créons le moindre incident là-bas. Mais j'y vois aussi l'envie de nous donner cette opportunité, l'envie de croire que nous serons à la hauteur. Je me demande même si Laylow n'est pas près de sourire, au fond, et de me souhaiter bonne chance.

Au moment de rentrer chez lui, plus tard dans la soirée, l'ours du Nevada fait un *hug* à Ann-Mary, un *high-five* à Ray et Santee, donne une caresse à Longhair, et ne m'accorde qu'un vague signe de la main en guise d'au revoir. Malgré ce qu'il pense de ma tribu, il aura tenu parole et nous aura sorties d'affaire. Sans lui, je ne sais pas comment je m'y serais prise pour me faire accepter comme travailleuse saisonnière. J'aurais fini par trouver du travail, mais ça m'aurait pris beaucoup plus de temps, et j'en aurais bavé.

Tout ce que je souhaite, à présent, c'est démontrer à Laylow et Kathryn que nous sommes dignes de la confiance qu'ils nous ont accordée.

---

7. Le Grand Esprit des Oglalas Lakotas, qui est l'équivalent d'un dieu.

12

– Là où on va, on pourra avoir un chien, nous aussi ? lance Santee.

– Oh, oui ! renchérit Ray.

Mes frangines se sont fait un film et sont tombées d'accord pour me travailler au corps. Je m'amuse à observer leurs manigances dans le rétroviseur.

– C'est Longhair qui vous a donné des envies d'animal de compagnie ?

– Il est trop gentil, dit l'une.

– Ann-Mary aussi, elle est gentille, ajoute l'autre.

– Et Max !

Max ! Évidemment ! J'avais oublié le chien de Roger et Amy, mais pas mes sœurs !

– Donc, vous pensez que tous les gens sympathiques qu'on a rencontrés ayant un chien sympathique, nous devrions en avoir un aussi ? C'est ça ?

– Oui ! répondent-elles de concert.

Je suppute que le problème n'est pas seulement canin : c'est une rébellion ! Ray et Santee sont en train de me signifier que, si cela n'avait tenu qu'à elles, nous serions restées à Pyramid Lake avec les Winnemucca, leur chien, les sandwichs et la citronnade faite maison. Comment leur faire comprendre qu'on ne peut pas vivre aux crochets des gens, et qu'il n'y a pas de travail dans les réserves indiennes ? Pas pour une *étrangère* en tout cas ! Or, j'ai besoin d'un emploi pendant un an pour subvenir à nos besoins.

Heureusement, grâce à Kathryn et surtout à Laylow, c'est une chose acquise. Du moins, je l'espère.

Nous roulons sous un soleil de plomb, mais plus nous avançons vers la Californie, plus la végétation se fait verte et l'air respirable. Nous traversons de plus en plus de fermes et de cultures.

– Alors, dis, on pourra avoir un chien ?

– Vous savez, je devrai travailler pendant la journée, et un chien demande beaucoup d'attention : il faut le sortir, ramasser ses crottes...

– On pourra le faire, nous.

– On n'a jamais eu de chien à la maison. Je ne suis pas certaine que vous sachiez faire.

– On apprendra.

– Sans compter que ça coûte cher de posséder un chien : il faut le nourrir, il y a les frais vétérinaires quand il se blesse ou s'il est malade...

– À Pine Ridge, il y a plein de gens qui ont des chiens. On est les seules à ne pas en avoir.

– Justement, il y a une raison à cela. Maman a dû juger que ce serait trop compliqué pour nous.

– Et maman, on pourra aller la voir bientôt ?

Quand Ray parle de maman, c'est toujours avec des sanglots dans la voix. Santee, qui sait que c'est un terrain glissant, évite d'évoquer le sujet ; elle-même devient vite morose si elle y pense trop.

– Tu sais bien que ce n'est pas possible. Pas avant l'an prochain.

– Mais pourquoi ?

Maman nous manque, à toutes les trois. Nous n'avons jamais été séparées d'elle aussi longtemps. Nous n'avons jamais été aussi loin des nôtres, de la réserve. Je sais bien que nous serons à nouveau réunies un jour, que notre mère n'est pas morte ou portée disparue, mais c'est dur de rester tout le temps positive face à mes sœurs. Je n'ai droit à aucun moment de faiblesse, et cela me stresse. J'ai parfois peur de ne pas y arriver.

Dans ces moments-là, je prends une longue inspiration et expire lentement. Je dois tenir douze mois. Toute une année à jouer le rôle de mère, de sœur...

– Je t'ai déjà expliqué, Ray. Maman a fait une bêtise avec la voiture, et elle va devoir passer un an, ça veut dire jusqu'à l'été prochain, dans un endroit où ils vont lui apprendre à conduire comme il faut.

– Cet endroit, c'est la prison ?

– Oui, mais ce n'est pas une prison pour les méchants. C'est une prison pour les mamans qui conduisent mal.

Ray se tourne vers la fenêtre et laisse son regard vagabonder sur les champs de maïs et les premiers vergers. Pendant un long moment, elle ne dit plus rien, mais je vois des larmes couler en silence le long de ses joues. Je remarque aussi la main de Santee posée sur l'épaule de notre petite sœur ; elle est prête à prendre le relais s'il m'arrivait de flancher, et ça me remonte un peu le moral.

Après Reno, nous quittons l'interstate 80 qui continue en direction de Sacramento. Pendant près de deux heures, nous franchissons une série de cols dont les versants sont recouverts d'une épaisse et sombre forêt de pins. Il fait presque frais sous la canopée. La route longe un autre plan d'eau, le Donner Lake. Il tire son nom de la célèbre *Donner Party*. Les Donner et les Reed, deux familles de pionniers rêvant d'or mais mal avisés, suivirent les conseils d'un certain Hastings qui avait écrit un guide à destination des émigrants en partance pour l'Oregon et la Californie. Il indiquait un soi-disant raccourci qui s'avéra impraticable. Le voyage se transforma en cauchemar. L'ignorance d'Hastings fut criminelle, car même si les Donner et les Reed ne périrent pas dans le désert de sel, la moitié d'entre eux mourut de faim et de froid dans la Sierra Nevada. L'autre moitié dut son salut au cannibalisme auquel elle se livra sur les cadavres gelés de ses compagnons.

En admirant les paysages que nous traversons, je prends conscience qu'au cœur de l'hiver, cet endroit peut se montrer hostile et inaccessible. Je m'abstiens de raconter cette épopée à Santee et Ray. Peut-être une autre fois, quand elles seront plus grandes.

Enfin, le ciel s'ouvre et la route s'éclaire, débouchant sur une immense plaine qui marque la fin de notre voyage. À nos pieds, Yuba City, et plus loin, vers le nord, ça doit être Marysville.

– On y est.

Mes sœurs se redressent sur leur banquette.

– Notre camping est quelque part par là, je dis en montrant l'horizon, à une trentaine de kilomètres à vol d'oiseau.

– Il y a des oiseaux ?

Je rigole.

– C'est une expression. Ça veut dire « si on allait tout droit, comme un oiseau ».

– Pourquoi on ne va pas tout droit, alors ?

– Parce qu'on n'est pas des oiseaux. On va devoir suivre la route. Et tu vois, la route, parfois elle file tout droit, parfois elle serpente entre les montagnes, elle fait des détours...

– Donc, nous, on n'y va pas comme des oiseaux mais comme des serpents ?

– Voilà.

À partir de là, et jusqu'à ce que nous arrivions au Country Village Mobile Park de Marysville, les paysages changent ; ils ne forment plus un large espace façonné par le déferlement de l'eau et l'obstination du vent, brûlé par le soleil et chamboulé par les tremblements de terre...

C'est la partie la plus riche du continent, une mosaïque de cultures de toutes les couleurs, exhalant des odeurs variées. La terre ici est généreuse et les arbres gorgés de fruits... Pas comme chez nous ! En voyant tous ces champs fertiles, je me dis que nous avons bien fait de quitter notre réserve. Quand elle aura purgé sa peine, c'est ici que ma mère devrait s'installer plutôt que de s'obstiner à survivre sur la réserve. Partout, nous croisons des tracteurs et des remorques, des poids lourds et des camionnettes à plateau ; et à leur bord, ou autour, en train de s'affairer, des Latinos ! Pas un seul Blanc dans les rangées ou en bordure des chemins agricoles.

Le Country Village Mobile Park est un grand parc avec des arbres centenaires, des animaux en liberté, des petits chemins aménagés et des passerelles en bois jetées par-dessus des mares où s'ébattent de gros poissons argentés. Je reconnais des écureuils, des paons et même des moutons... Ni mes sœurs ni moi n'en avions vu autrement qu'en photo. À Pine Ridge, en dehors des chiens de prairie, de quelques mulots et bien sûr des rapaces dans le ciel, nous n'avons pas autant d'animaux en liberté... Et pas de zoo comme dans les grandes villes pour nous faire découvrir les espèces qui partagent avec nous cette planète.

Les mobile-homes ont été placés à l'ombre d'un bosquet et sont répartis de telle manière qu'on a l'impression d'un petit village où tout le monde se connaît. Ce n'est pas l'idée que je me faisais d'un camping ; dans mon esprit, les mobile-homes étaient entassés les uns contre les autres et alignés dans des allées organisées.

Je me gare devant la réception, hésitant avant de pénétrer dans le bureau. Est-ce que Laylow a vraiment averti que nous arrivions ? Est-ce que la personne à qui il a parlé sera d'accord pour nous recevoir ?

Lorsque je pousse la porte de l'accueil, je découvre un homme et une femme d'une soixantaine d'années assis de part et d'autre d'un large bureau recouvert de papiers et d'objets divers.

– Bonjour, je dis timidement.

L'homme répond :

– Bonjour. En quoi puis-je vous être utile ?

– Je suis l'amie de l'ami de Mike, le gérant de Sodaro Orchards.

La femme lève le nez de son ordinateur. L'homme quitte son siège et vient vers moi.

– Mike nous a prévenus. Soyez les bienvenues ! Je suis Harvey, et voici mon épouse, Samantha.

– Mike nous a parlé de trois filles, dit Samantha.

– Oui, je suis avec mes sœurs.

– Où est-ce qu'elles sont ?

– Dans la voiture.

– Dis-leur d'entrer, elles doivent mourir de soif avec cette chaleur. Il y a de la citronnade.

Samantha désigne une fontaine en verre recouverte de buée. À la surface du liquide glacé flottent des tranches de citron et des feuilles de menthe.

– Je préfère qu'on fasse l'enregistrement d'abord, si vous n'y voyez pas d'inconvénient.

– Très bien.

Je veux produire ma carte de membre de la réserve indienne de Pine Ridge en guise de pièce d'identité, mais ils refusent de seulement la regarder.

– Mike s'est porté garant pour vous trois.

Je blêmis en découvrant qu'il faut normalement déposer une caution de sept cents dollars pour réserver un bungalow... Je ne sais pas où j'aurais pu trouver une telle somme ! Heureusement, Harvey et Samantha font là aussi une exception pour nous.

Ils décident également de me faire crédit des trois nuits que tout client est censé régler d'avance, toujours grâce à l'intercession de leur ami Mike, et donc de Laylow.

– Nous verrons tout cela à la fin de la semaine, quand tu auras touché ta première paye.

Tout ce que j'ai à faire, c'est renseigner un questionnaire de routine et le signer à la fin.

– Et voilà, on en a fini avec la paperasse, dit Harvey.

Je retiens un soupir de soulagement : nous avons enfin un toit au-dessus de nos têtes.

Harvey et Samantha ressemblent à deux vieux surfeurs des années 1970 qui se seraient retirés à la campagne. Ils ont des têtes de hippies de cette génération qui, après avoir abusé de toutes sortes de substances, s'est mise au yoga, à la méditation et au thé vert. Je les vois bien manger sans gluten, sans sucre et sans viande.

Ils ont l'air décontracté mais la façon dont Harvey m'énonce les règles de vie à l'intérieur du camping démontre qu'ils ne sont pas laxistes pour autant : ils veillent à ce que le calme et l'ordre règnent dans leur domaine.

Je dis oui à tout, trop contente de pouvoir dormir dans un lit ce soir. J'essaie surtout de les rassurer en leur expliquant que je suis là pour travailler. J'ai l'intention de trouver rapidement une baby-sitter pour mes sœurs. Ils n'auront pas de problème avec nous.

– Vos parents sont au courant que vous êtes là ? s'inquiète Samantha.

– Bien sûr, mais notre père travaille en mer, sur une barge de forage. Il ne rentre que tous les trois mois, et notre mère vient de trouver un poste de cuisinière au Canada. Ils m'ont confié mes petites sœurs. C'est ainsi que fonctionnent les familles lakotas.

Je mens avec un aplomb qui lève leurs doutes. En leur vendant l'histoire très américaine d'une famille dont tous les membres travaillent dur pour réussir, et en saupoudrant le tout de coutumes indiennes invérifiables mais plausibles, j'espère bien les empêcher de me poser davantage de questions, et surtout, de s'en poser. De toute façon, j'ai l'impression qu'ils ont pour consigne de ne pas nous chercher des poux dans la tête.

– Le hasard fait bien les choses, dit Samantha, vos voisins travaillent aussi pour Sodaro Orchards.

– Ah ?

– Oui, les López. Ils pourront vous expliquer le fonctionnement de l'exploitation. Je sais qu'ils ramassent les abricots en ce moment.

Je n'ai pas besoin de démarcher les López ; à peine sommes-nous arrivées devant notre mobile-home qu'ils viennent à notre rencontre en la personne d'un grand garçon aussi brun que frisé.

– Bonjour !

Derrière la voix timide, je détecte un accent latino, mais très léger ; ce qui m'étonne.

– Les propriétaires du camping nous ont prévenus que des nouveaux locataires allaient s'installer à côté de chez nous. Mes parents m'envoient pour vous souhaiter la bienvenue et vous inviter à dîner ce soir, si vous n'avez rien de prévu.

Ray et Santee m'observent. Je vois bien qu'elles pensent la même chose que moi : tout chez lui dénote la gentillesse et la douceur, mais nous avons appris à nous méfier.

– C'est très aimable. Remercie tes parents de notre part.

– Alors, vous acceptez ?

Je consulte Santee du regard. Qu'en pense-t-elle ? Il y a de grandes chances pour que les López soient nos voisins pendant les douze mois à venir… Est-ce qu'on peut vraiment se permettre de les offenser dès le premier soir en refusant leur invitation ?

– Avec plaisir.

Je constate, à la réaction de mon interlocuteur, qu'il est très content de ma réponse. Ce sera l'occasion d'en apprendre davantage sur le métier de travailleur saisonnier agricole.

– Vers quelle heure devons-nous venir ?

– Maman est en train de faire rôtir le poulet. Ce sera prêt dans une demi-heure.

– Parfait. Ça nous laisse le temps de décharger la voiture et de nous poser.

Le grand brun frisé retourne vers son mobile-home, puis s'arrête, fait demi-tour et revient vers moi.

– Au fait, je m'appelle David.

– Enchantée, David. Moi, c'est Denisa. Et voici mes sœurs Santee et Ray.

– Enchanté, Santee. Ray.

Mes sœurs, intimidées, lui font un signe de la main. Puis, David s'en va.

– Pourquoi tu lui as donné ton prénom américain et pas celui de Bearfoot ? me demande Santee.

Je plonge dans le coffre de la Dodge pour éviter de croiser le regard de ma sœur. Décidément, rien ne lui échappe.

– Alors ? Pourquoi ?

– Parce qu'il m'a dit s'appeler David prononcé à l'américaine, et pas David prononcé à l'espagnole.

Ma sœur n'insiste pas, mais elle a en tête les reproches que je fais régulièrement aux *Native Americans*, qu'ils soient de ma génération ou plus âgés, qui n'utilisent pas leur prénom traditionnel. Elle ne comprend pas pourquoi j'ai cherché à gommer mon identité oglala lakota auprès de notre nouveau voisin, lui-même mexicain. Ou plutôt si, elle croit avoir compris ! Elle pense que j'ai voulu plaire à David, parce que c'est un très beau garçon. Et je suis d'autant plus vexée qu'elle a probablement raison.

Santee se détourne car elle a senti mon agacement, mais la mauvaise foi de ma réponse ne lui a pas échappé. Je lui sais gré de choisir de ne pas m'embarrasser davantage.

Notre installation ne prend pas beaucoup de temps vu le peu d'affaires que nous avons prises. Je laisse mes sœurs choisir leur lit, que nous faisons ensuite. Nous rangeons nos vêtements dans les placards, les doudous à côté des oreillers, les quelques jouets emportés sur le petit bureau de leur chambre, et nous sommes prêtes.

Notre bungalow fait partie d'un lot de quatre répartis sous deux saules pleureurs qui doivent avoir au moins cent ans. L'arrière donne sur un petit pont de bois qui enjambe un ruisseau quasiment à sec. À l'avant, chaque mobile-home dispose d'une espèce de terrasse en bois, avec trois marches pour descendre à la pelouse où sont garés les véhicules des locataires. Les López occupent le mobile-home de gauche ; celui à la droite du nôtre est vide. Le suivant est habité mais je n'ai encore vu personne. De la musique en sort par la porte ouverte ; ça ressemble aux albums que notre mère écoute et qui étaient déjà vieux de son temps, des trucs achetés un dollar dans les vide-greniers... De la musique des années 1970 que les occupants ont mise si fort qu'on l'entendrait même si la porte était fermée. D'ailleurs, au moment où nous descendons nos trois marches pour aller chez les López, une femme apparaît dans l'embrasure de ce quatrième mobile-home. Elle est vêtue d'un long paréo enroulé autour de sa poitrine. Elle est pieds nus et ses cheveux sont mouillés. Elle doit sortir de la douche.

– Salut ! lance-t-elle.

– Bonjour, nous répondons de concert.

– Bienvenue ! Vous êtes là pour longtemps ?

– Normalement, oui.

– Vous serez bien ici. Moi, c'est Jane. Si vous avez besoin de quoi que ce soit, n'hésitez pas.

– Merci. Moi, c'est... Bearfoot. Et voici mes sœurs Santee et Ray.

– À plus tard.

Au moins, les voisins sont sympathiques. D'ailleurs, Ray dit tout haut ce que je viens de penser tout bas :

– Elle est gentille, la dame.

– C'est vrai. On dit que les gens sont accueillants en Californie... Ça semble se confirmer pour l'instant.

Avant de gravir les marches de la terrasse des López, je m'accroupis et saisis mes sœurs par la taille pour leur rappeler les deux ou trois mensonges que nous avons mis au point dans la voiture.

– Souvenez-vous : papa... ?

Mes sœurs reprennent en chœur :

– ... travaille en mer.

– Il cherche... ?

– … du pétrole.

– Maman… ?

– … est cuisinière.

– Où ça ?

– Au Canada.

– Très bien. Et moi, je travaille et je m'occupe de vous.

– Mais qu'est-ce qu'on fera, nous, toute la journée pendant que tu travailleras ?

– Je ne sais pas encore, Santee. Je trouverai un moyen de vous occuper, ou que quelqu'un s'occupe de vous. On n'en est pas là pour l'instant.

Santee acquiesce, mais cela ne suffit pas à chasser l'inquiétude de son esprit. Du mien non plus, soit dit en passant, mais je dois garder toute pensée négative pour moi. Laylow a dit que Mike nous aiderait. Comptons là-dessus.

Au moment de frapper à la porte d'entrée des López, je réalise que nous n'avons rien apporté. Maman ne serait jamais arrivée les mains vides. J'ai honte, soudain, mais il est trop tard. De toute façon, je n'ai quasiment plus d'argent, je n'aurais pas pu acheter quoi que ce soit même si j'avais su plus tôt que nous serions invitées.

– Bonsoir ! Entrez donc ! Soyez les bienvenues !

Je ne suis pas surprise de découvrir une femme brune à la peau mate, parce que après tout, les Mexicains sont à moitié espagnols et à moitié indiens, mais je ne m'attendais pas à une femme aussi belle et mince. Je sais de qui tient David, à présent.

– Bonsoir, madame López.

– Je t'en prie, appelle-moi Ximena. Tu dois être Denisa ? Et voici Santee et Ray, si mes informations sont bonnes !

David se tient au côté de sa mère. Il a vu mon pied bot, maintenant, c'est obligé. Foutue pour foutue, je me jette à l'eau :

– En fait, mon véritable prénom est Bearfoot. Santee et Ray n'ont pas encore de totem, elles sont trop jeunes.

– Je vois. Comment veux-tu que nous t'appelions, alors ? Parce que David m'avait...

– Oui, je sais, mais... Je préfère Bearfoot. Mais c'est comme vous voulez. Denisa fonctionne aussi.

– Non, non. Ce sera Bearfoot. C'est si joli.

Ximena a dit cela par politesse ; elle n'a certainement pas fait le lien avec l'infirmité à laquelle je dois mon nom lakota. Mais je ne veux pas la contredire.

– Eduardo, nos invitées sont là !

Je dois réviser mon opinion : David tient autant de sa mère que de son père, car l'homme qui émerge du minuscule couloir menant aux chambres a la même beauté d'acteur de cinéma que son fils. Il est moins grand mais beaucoup plus musclé que lui. Il occupe tout l'espace à l'intérieur du mobile-home. Ce qu'on remarque en premier chez lui, c'est son immense sourire bienveillant. Quel beau couple forment les López ! Quel trio de rêve ! J'imagine ce que Santee et Ray sont en train de penser : il ne manque plus qu'un chien aux López pour atteindre le statut de famille idéale !

– Bonsoir, mesdemoiselles.

En revanche, à la différence de David, l'accent mexicain de M. López est à couper au couteau.

– Bonsoir, je dis. Merci de nous recevoir. Nous n'avons pas pensé à faire des courses et sans votre invitation j'aurais été obligée de reprendre la voiture pour aller acheter de quoi manger ce soir. Je vous avoue qu'après une journée de conduite...

– Mais c'est naturel, dit Ximena. Le sens de l'hospitalité ne doit pas se perdre. C'est important, entre voisins.

– À propos de courses, pourrez-vous nous indiquer où vous faites les vôtres ?

– Nous allons au marché de Binney Junction, à l'entrée de Marysville. On y trouve tout ce dont on a besoin. Sinon, il y a un SaveMart un peu plus loin, sur la 10e rue. Mais nous pouvons discuter de tout cela à table, le repas va refroidir.

Le maïs est l'aliment de base des peuples autochtones d'Amérique du Nord. Nous en avons de toutes les sortes : du jaune, du blanc, du rouge, des longs, des courts, des joufflus et des élancés, doux, secs, amers... Que nous soyons oglalas lakotas, choctaws, blackfeet, ojibwés ou navajos, nous excellons dans l'art de le préparer. Cependant, je suis obligée de reconnaître qu'on ne m'avait jamais servi quelque chose d'aussi goûteux que ce poulet farci au maïs et au riz.

Au lieu d'expédier le dîner en un quart d'heure comme nous en avons l'habitude, nous restons au moins une heure à table.

Les parents de David sont très loquaces quant à leur aventure migratoire depuis l'État de Zacatecas, au centre du Mexique, qu'ils ont quitté il y a deux ans suite à la fermeture de la mine d'argent dans laquelle ils étaient employés. Ils nous posent aussi un tas de questions sur notre migration intérieure, ce qui me dérange. Je suis obligée de mentir sur mon âge et sur à peu près tout le reste. J'ai l'impression de trahir leur confiance. Ces gens nous accueillent à bras ouverts, partagent leur nourriture avec nous, et je leur raconte des boniments pendant toute la soirée. Mais ce qui me préoccupe par-dessus tout, c'est qu'ils ne semblent pas me croire. À plusieurs reprises, je les surprends en train d'échanger des regards qui en disent long sur ce qu'ils pensent de mon récit. Il va falloir que je le rode.

David, par contre, passe son temps à me sourire. Il est très gentil avec mes sœurs également, mais c'est moi qui l'intéresse le plus. Il me questionne sur notre vie aux États-Unis et semble aussi déçu que surpris que je ne puisse pas lui en apprendre davantage sur mon propre pays. Je crois même qu'à travers ses lectures et ce qu'il en a vu sur Internet, il en a une meilleure connaissance que moi. Il finit par comprendre que la vie dans une réserve indienne est très différente de celle d'un Américain moyen, et que je suis avant tout une Lakota aux yeux des Américains, et si peu une Américaine moi-même.

J'apprends qu'il vient d'être admis à l'université de Californie, à San Diego, où il commencera des études d'économie à la rentrée prochaine. En à peine deux ans, il a réussi à apprendre l'anglais et passer son diplôme de fin de scolarité américain, et à décrocher une bourse d'études ! Je n'en reviens pas. Il m'explique tout cela sans me regarder de haut, sans donner l'impression qu'il en tire une fierté quelconque. Il se dit juste reconnaissant qu'on lui donne cette opportunité.

C'est la deuxième fois en deux jours que j'ai une conversation de ce genre avec un garçon de mon âge. Je veux dire, une conversation dans laquelle un garçon s'intéresse à moi, me regarde sans se moquer de moi, comme un être humain et pas comme un monstre de foire. Au cours de cette soirée avec les López, comme auprès de Steve, j'en viens à oublier mon pied bot. Cela ne m'était jamais arrivé avant.

Je finis par évoquer l'exploitation maraîchère et fruitière de Mike.

– Nous allons nous voir souvent, je dis. Il paraît que vous travaillez pour Sodaro Orchards.

– Ah, toi aussi ? s'étonne Ximena.

– Oui, je commence demain.

– Il y a un énorme roulement, précise Eduardo. Beaucoup de gens vont et viennent, arrivent le lundi pour repartir en fin de semaine. Des sans-papiers, souvent, qui doivent changer régulièrement de boulot pour échapper aux contrôles de l'immigration.

Je me demande s'il parle pour eux ou pour moi. Je me racle la gorge.

– Est-ce que je peux vous poser une question personnelle ?

– Tu veux savoir si nous-mêmes sommes en situation régulière ?

Je pique un fard. Comment Ximena a-t-elle deviné ?

– Je suis désolée, cela ne me regarde pas...

– Ne sois pas désolée, c'est normal. C'est la question qui est dans l'esprit de tous en Californie. En ce qui nous concerne, la réponse est oui. Nous venons de recevoir notre carte de séjour, tous les trois !

J'ai senti la fierté et le soulagement dans la réponse de Ximena. D'ailleurs, elle s'est tournée vers son mari et celui-ci lui a pris la main. Ils se regardent amoureusement. Ça a dû être une série d'épreuves pour en arriver là.

– Et toi ? me demande Ximena.

Moi, quoi ? Qu'est-ce qu'elle sous-entend ?

– Je suis américaine, je n'ai pas besoin de permis de travail.

– Le fait que tu vives avec tes sœurs, si jeunes, sans vos parents... C'est légal ?

La conversation vient de prendre une autre tournure, subitement. Je ne reconnais pas le ton sympathique qui était celui de nos hôtes jusqu'à présent. D'ailleurs, David aussi a capté le changement de registre.

– Maman ! dit-il comme on supplie ses parents de se taire lorsqu'ils nous font honte.

– Excuse-moi, Bearfoot. Je ne voulais pas donner l'impression de... juger ou quoi que ce soit.

– Je vous l'ai déjà expliqué : c'est une chose naturelle chez les Oglalas Lakotas. Étant donné qu'il n'y a pas de travail dans les réserves, les parents sont amenés à voyager loin pour en trouver et à laisser leurs enfants seuls. Les aînés s'occupent de leurs petits frères ou petites sœurs. Donc oui, mon père et ma mère sont au courant.

– Ça fonctionne un petit peu comme ça chez nous aussi, ajoute Eduardo en s'adressant à Ximena. Souviens-toi de mon cousin et de sa femme. Ils ont tenté leur chance aux États-Unis, eux aussi, en laissant leurs quatre enfants derrière eux. Le plus grand avait à peine vingt ans.

– Certes, mais nous étions là. Nous habitions la maison d'à côté.

– On n'est pas restés longtemps. Un an après leur départ, on suivait leur exemple en partant nous aussi. Mes nièces et neveux ont dû se débrouiller seuls.

– Leurs grands-parents vivent dans le même village. Ce n'est pas comme s'ils étaient abandonnés.

– Nous non plus, nous ne sommes pas abandonnées !

J'ai haussé la voix ; tout le monde s'est figé. Je me radoucis pour mettre un point final à cette conversation :

– Nous ne sommes qu'à deux jours de voiture de Pine Ridge. Nous y avons de la famille, des oncles et des tantes, comme vous dans votre village. Sauf que nous sommes américaines, nous, et nous vivons dans le même pays que nos parents. Je ne vois pas pourquoi vous me posez toutes ces questions.

– Tu as raison, Bearfoot.

Eduardo essaie d'arrondir les angles.

– Elle a raison, répète-t-il à l'intention de son épouse. Nous connaissons mal les mœurs et les habitudes de ce pays, et encore moins celles des Lakotas.

– Oui. Pardon, Bearfoot. Je ne voulais pas t'offenser. C'est juste que tu me parais tellement... jeune pour une telle responsabilité. Mais c'est ridicule. Tu as l'air de parfaitement te débrouiller. Et puis, ce ne sont pas mes affaires.

– C'est moi qui vous demande pardon. Je me suis emportée sans raison. Après tout, vous ne faisiez que poser une question. Je dois être fatiguée. D'ailleurs, nous n'allons pas tarder à nous coucher.

– Il fait encore jour, tu ne veux pas un café ou un thé ?

– Nous avons peu dormi ces deux dernières nuits. Je voudrais mettre mes sœurs au lit un peu plus tôt que d'habitude pour qu'elles puissent rattraper leur manque de sommeil.

– Je comprends, dit Ximena.

Je me lève et invite mes sœurs à m'imiter. Ray finit d'avaler un morceau de mangue, s'essuie la bouche et prend la main que Santee lui tend.

– Merci beaucoup pour votre invitation.

Les López se lèvent comme un seul homme. Tout le monde est très poli et cordial, mais nos derniers échanges ne sont plus aussi chaleureux que les premiers. David me regarde d'un air penaud.

– À demain, je dis.

– Qu'est-ce que Ray et Santee vont devenir pendant que tu travailleras ?

Si l'un des deux parents avait posé la question, je l'aurais envoyé paître... Mais c'est David qui vient de parler. Avec toute sa douceur et son attention, il se soucie de mes sœurs, et je trouve cela adorable.

– Je comptais me mettre à la recherche d'une babysitter...

– On n'est pas des bébés, réagit Ray immédiatement.

Je lui souris.

– Non, bien sûr. Une gardienne, je voulais dire.

– Je peux m'en occuper, si tu veux.

Visiblement, la proposition de David ne satisfait pas sa mère.

– David, peut-être que... commence Ximena.

– Ben quoi ? Je ne fais rien demain.

– Je pense que Bearfoot souhaitait trouver une solution plus pérenne.

– Je suis libre jusqu'à la rentrée.

– Je te paierai, évidemment, dis-je, trop contente qu'il me sorte une épine du pied, au moins provisoirement.

Mais sa mère revient à la charge.

– Je ne pense pas que ce soit raisonnable, David. Tu vas être assez occupé avant la reprise des cours.

– Non, justement, je n'ai rien à faire d'ici là. C'est toi-même qui me poussais à prendre un job d'été.

– Oui, mais…

– Eh bien, il semble que j'en aie trouvé un ! Je suis baby-sitter… Pardon, gardien officiel de Ray et Santee.

Les deux intéressées sont évidemment ravies à l'idée de passer la semaine avec le beau et gentil David.

13

Le lendemain, je suis debout à 6 heures et dans les bureaux de Sodaro Orchards trois quarts d'heure plus tard, juste avant que les équipes de saisonniers ne montent dans les camions qui les emmèneront dans les rangées d'abricotiers. Pour l'instant, ils attendent dehors en jouissant d'une dernière cigarette avant la pause de 10 heures – fumer dans les champs est interdit, c'est écrit en gros sur la porte d'entrée.

Cinq minutes plus tard, Mike McKinney me rend ma carte d'identité indienne qu'il vient de photocopier.

– Ça ne va pas poser problème, ça ? dit-il en pointant mon pied bot.

Je comprends pourquoi il est ami avec Laylow ! Ils sont aussi bourrus l'un que l'autre.

– Ça fait mal parfois, mais ça ne me ralentit pas. Ne vous inquiétez pas.

L'agriculteur est aussi direct que soucieux d'efficacité : il a sa réponse, il passe à autre chose.

– Ton salaire sera celui d'une apprentie. Je ne peux pas te payer comme un ouvrier agricole. Tu toucheras donc 78,10 dollars par jour au lieu de 112,70 dollars.

– Pourtant, je vais faire le même travail.

– Non. Tu devras t'arrêter à 16 heures. Je n'ai pas le droit de te faire faire des journées de dix heures comme les adultes.

– Mais, si je veux, moi ?

– C'est la loi. Désolé. Je risque trop en l'enfreignant.

Je me dis que pour quelqu'un qui embauche des immigrants en situation irrégulière, c'est étonnant qu'il ait autant de scrupules en ce qui me concerne. J'imagine que pour les sans-papiers, il y a une tolérance de la part des autorités. Sans cela, le secteur agricole de cet État se casserait la figure et il faudrait importer nos fruits et légumes, et les payer deux fois plus cher... Tout le monde en est conscient, y compris le gouvernement fédéral à Washington. Le travail des mineurs, par contre, n'est soutenu par personne.

Je n'insiste pas. De toute façon, ça m'arrange, car ainsi, je ne rentrerai pas trop tard le soir et je pourrai m'occuper de mes sœurs. En revanche, mes revenus seront moins élevés que ce que j'avais prévu.

– Tu es disponible tout de suite ?

– Oui.

– Parfait. Départ dans dix minutes. Tu seras dans l'équipe 3 dirigée par Javier. C'est le petit trapu en salopette orange. Tu ne peux pas le louper.

Je n'avais jamais travaillé aussi dur de ma vie. Je me plaignais des tours de terrain qu'on nous faisait faire en cours de sport dans le froid ou sous le soleil et que, pourtant, j'effectuais en marchant au lieu de courir comme les autres, mais c'était une promenade de santé à côté de l'effort physique que me demande ce travail. Dix, quinze, vingt fois j'ai envie d'abandonner. Il fait chaud, les branches de ces maudits arbres se prennent dans mes cheveux, me griffent la peau, le soufre pulvérisé la veille sur les feuilles me fait tousser et éternuer. L'eau expédiée par l'arrosage automatique pendant la nuit me trempe jusqu'aux os... Il y a bien des moments de rigolade à l'occasion de blagues racontées d'une rangée à l'autre, mais je ne les comprends pas toutes parce que la plupart sont en espagnol ; il y a aussi et surtout de longs moments de silence où chacun reste concentré sur sa tâche, sur les ressources intérieures dans lesquelles il faut puiser pour ne pas jeter l'éponge. Il y a la comporte que l'on tient contre son flanc et qui pèse plus lourd au fur et à mesure qu'on la remplit, qui cogne contre votre hanche jusqu'à y imprimer un énorme bleu prêt à saigner, la sangle qui déchire l'épaule, l'échelle qu'il faut manipuler autour du tronc pour trouver la voie la plus commode jusqu'aux plus hautes branches, qui s'enfonce dans le sol meuble, et dont il ne faut pas tomber lorsqu'elle se met à branler, les reproches de Javier, le chef d'équipe, quand on vide sa comporte dans les caisses sans amortir la chute des fragiles fruits… Et puis, enfin, mon pied, qui a dû doubler de volume.

Ici, le fait que je sois oglala lakota ne change rien, je ne suis ni mieux ni moins bien traitée que les autres. Les ouvriers sont tous des étrangers. J'ai même entendu des langues que je ne connaissais pas. « D'Europe », a résumé Javier quand je lui ai demandé d'où ces personnes venaient.

Le fait que je sois handicapée ne m'apporte aucun privilège non plus. Ramasser des abricots, pour moi, devient le bagne. L'enfer sur terre. Je comprends pourquoi ils sont nombreux à ne pas rester plus d'une semaine. Dès que je le peux, je trouve autre chose et je me tire d'ici. Je ne suis même pas certaine d'endurer ce traitement jusqu'au week-end.

J'essaie de ne pas penser plus loin que demain. Tenir jusqu'à ce soir. Puis tenir demain encore.

Je finis ma journée à 16 heures, comme prévu. Je n'aurais pas pu supporter une heure de plus ! Je saute dans le pick-up qui me ramène aux hangars. Derrière le volant, Mike McKinney me gratifie d'un large sourire : « Tu t'es bien débrouillée », semble-t-il vouloir dire. Mais bien évidemment, il ne me fera pas ce genre de remarque. Les encouragements, ce sera pour la fin de semaine, si je ne craque pas avant.

J'aimerais tant que ma mère puisse me voir ; je suis sûre qu'elle serait fière de moi. Je voudrais le lui dire, pourtant j'appréhende son prochain coup de fil. Elle me manque, et j'aurais bien besoin de son soutien, mais je n'ai pas envie de me faire disputer une nouvelle fois.

À mon grand soulagement, Mike accepte de m'accorder une avance sur mon salaire, ce qui me permet de faire quelques courses avant de rentrer au camping.

J'arrive au mobile-home sur les rotules. Je suis accueillie par Ray, Santee et David, qui semblent être devenus les meilleurs amis du monde. Ray me saute dans les bras. Santee se serre contre moi pour faire un câlin, ce qui me surprend.

– On a fait des dessins pour maman ! s'écrie la première.

– On pourra les lui envoyer ? demande la seconde.

La table de l'unique pièce qui fait office de salle à manger et de cuisine est envahie de feuilles de brouillon maculées. Je reconnais les dessins de prédilection de Ray : maisons et petits bonshommes. Ils ont longtemps ressemblé à des grenouilles mais elle a fait d'énormes progrès. Sur une feuille, elle a représenté trois filles dans un break : une grande, une moyenne et une petite. Loin derrière, un pick-up qui roule à tombeau ouvert avec trois têtes gribouillées à l'intérieur. Pas difficile d'interpréter ce qu'elle a voulu exprimer.

Les dessins de Santee sont plus oniriques : des chiens qui volent, des licornes...

– Alors ? demande celle-ci.

– Hein ?

– Les dessins, à maman ? Tu me l'avais promis.

– Quoi ? Oui, oui. On fera ça demain. J'irai acheter des enveloppes et on les postera dès qu'on pourra.

Je n'ose faire part de mes réserves à Santee : le cachet du bureau de poste d'où nous les expédierons nous trahira. Comment faire pour écrire à maman sans nous faire repérer ? Il faudrait que je demande à quelqu'un vivant à Sacramento ou dans une autre ville, et qui y retourne le week-end, de les déposer ailleurs qu'ici.

De toute façon, il sera difficile de cacher à notre mère où nous nous trouvons. Pour l'instant, ce n'est pas ma préoccupation première, mais le problème se posera tôt ou tard, même si je sais que les autorités ne se mettront pas à notre recherche très rapidement. Un avis a probablement été lancé par les services sociaux de Pine Ridge, mais j'imagine que les polices des différents États que nous avons traversés se préoccupent peu du sort de trois Indiennes.

Si je tiens un mois, si je parviens à gagner ma vie et à faire garder mes sœurs sans qu'elles souffrent de la situation, alors je serai dans une meilleure position qu'aujourd'hui pour convaincre notre mère de nous laisser vivre ici jusqu'à sa libération. Elle sera contrainte d'admettre que c'est une solution viable, que je m'en sors bien.

David a connecté son téléphone à son Bose et mis sa playlist. Je regarde le haut-parleur en fronçant les sourcils.

– C'est ça qu'on écoute sur la côte ouest ?

– Oui, madame !

Il commence à bouger façon *gangsta* sur le rythme saccadé du rap, ce qui provoque l'hilarité de Ray et Santee.

– Est-ce que tu peux baisser un peu le son, s'il te plaît ?

David fait une moue faussement outrée, lève la main pour s'excuser, puis s'exécute.

Je suis très injuste envers notre voisin qui vient de consacrer sa journée à mes sœurs et de me rendre un fier service.

– Excuse-moi. Ce n'est pas ce que je...

Pourquoi être si dure avec mon seul ami ? Je ne sais pas d'où me vient cette marque de mauvaise humeur. La fatigue ? L'inquiétude aussi, car je ne sais toujours pas comment nous ferons à long terme ; sa mère ne lui permettra pas de passer l'été à notre service. Trouver un ou une baby-sitter ne sera pas trop difficile grâce aux contacts de Mike, mais le ou la rémunérer avec mon salaire d'apprentie relèvera de la mission impossible. Sachant que le mobile-home me coûte 45 dollars par jour et que j'en gagne 78, il ne me reste plus que 33 dollars pour la nourriture et la garde de mes sœurs... C'est mathématiquement intenable !

– Je vais prendre une douche. J'en ai pour cinq minutes.

Je me dépêche de passer dans la salle d'eau mais quand je sors de ma chambre, habillée de frais, David a disparu. Il est parti sans me prévenir !

Je l'ai blessé. David me plaît, c'est certain... Même si je ne sais pas trop ce que cela signifie. Mais pour l'instant, je dois d'abord penser à nourrir mes sœurs.

– Vous avez faim ? je leur demande.

– Oui ! s'exclament-elles.

– Qu'est-ce que vous avez mangé à midi ? Vous avez ouvert les boîtes de haricots qu'on avait encore en stock ?

– Non, David nous a apporté des restes du poulet d'hier soir.

Après ce qu'il vient de se passer entre David et moi, la réponse de Santee me fait d'autant plus mal ; je m'en veux de la façon dont je l'ai traité. Je me rattraperai demain soir ; je me le promets. Je lui demanderai pardon, on parlera toute la soirée, on apprendra à mieux se connaître.

Je trouve la force d'enfourner une pizza au micro-ondes et de décongeler des brocolis ; puis, je m'affale sur la banquette du *séjour*. Mes sœurs viennent se coller contre moi et nous mangeons dès que c'est prêt tout en regardant Winx Club en streaming sur mon smartphone.

Je m'endors avant la fin de l'épisode.

Je suis réveillée par des éclats de voix en provenance du mobile-home des López. J'ouvre un œil, Ray et Santee sont toujours rivées aux aventures des six fées d'Alféa.

À côté, Ximena et David sont en train de se disputer. Ils ont beau essayer de ne pas élever la voix, j'entends des bribes de leur échange. Elle : « ... peut pas continuer... t'occuper de ces petites. » Lui : « ... besoin d'aide... » Elle : « ... parents... fugueuses... » Lui : « ... Bearfoot... » Il a haussé le ton sans que je puisse saisir ce qu'il vient de dire à mon propos.

Je comprends que Ximena insiste sur le fait que je suis mineure. Je capte les mots « permis de conduire » et

« barge de pétrole ». J'en déduis qu'elle ne croit pas à notre histoire de père absent pour le travail et de mère au Canada. Elle emploie même le mot « recherchées » !

David s'emporte et j'entends clairement ce qui suit : « Nous étions dans la même situation. On était bien contents de trouver des gens pour nous donner un coup de main. C'est ce que nous enseigne l'église, non, aider son prochain ? Ne pas juger ? » Sa mère répond, sur le même ton : « Tu connais les difficultés que nous avons eues pour obtenir un titre de séjour. Nous ne pouvons pas nous permettre d'être impliqués dans la disparition de trois mineures. Nous sommes aux États-Unis pour travailler, rien d'autre que *travailler*. » Lui : « Je les aime bien, moi, maman. On ne peut pas les laisser tomber. » Elle : « Tu les aimes bien ?! » Elle ricane. « Tu t'imagines peut-être flirter avec Denisa ? » Lui, outré : « Maman ! » Elle : « J'ai bien vu comment tu la regardais ! Tu sais ce qu'il en coûte à un garçon majeur de fricoter avec une mineure en fuite ? »

À partir de là, je ne comprends plus rien, parce que David s'énerve vraiment et ils continuent en espagnol.

Si je n'étais pas aussi effrayée par la teneur de leur échange, l'allusion à un *flirt* entre lui et moi m'aurait plu, j'en aurais certainement rougi ; mais les éventuelles conséquences de cette dispute sont trop graves.

J'entends la porte de leur mobile-home s'ouvrir et se refermer, puis les pas de David sur la terrasse et les marches en bois de l'escalier.

Je me doutais que Ximena poserait un problème tant son attitude était hostile hier soir lors du repas. Cependant, je ne pensais pas que les ennuis arriveraient si vite !

Il va falloir envisager de partir alors que nous venons à peine de nous installer. Demain, après le travail, je devrai chercher un autre camping.

David.

Savoir que je ne le verrai plus rend les choses plus douloureuses encore.

14

Le lendemain, David me fait la surprise de venir toquer à notre porte avant que je parte au travail.

– Qu'est-ce que tu fais debout si tôt ? dis-je en consultant l'heure sur mon téléphone. Ray et Santee dorment encore.

– Je voulais être là quand elles se réveilleraient.

Je lui souris ; il soutient mon regard et sourit en retour. J'aimerais tant qu'il me dise qu'il est venu pour moi, que c'est moi qu'il voulait voir et non pas mes sœurs. Je suis tellement contente qu'il soit là. Je serais comblée si je n'avais pas en tête la dispute d'hier soir entre sa mère et lui. Malgré cela et le peu de temps que j'ai, je cherche à le retenir :

– J'ai fait du café. Entre.

– Merci.

Derrière lui, j'aperçois son père en train de charger une glacière dans leur voiture. Il me fait un signe discret de la main, auquel je réponds. Puis, sa mère apparaît dans l'embrasure de la porte, pour retourner à l'intérieur sans me saluer.

– Ta mère ne m'apprécie pas beaucoup, n'est-ce pas ? dis-je tout en lui servant une tasse de jus noir.

Il sait que les mobile-homes sont mal isolés ; il comprend que j'ai tout entendu hier soir. Il baisse la tête, gêné. Je m'en veux ; ce n'est pas ce que je recherchais.

– Ce n'est pas toi, le problème. Elle s'inquiète, c'est tout. Elle a peur que nous ayons des ennuis avec la police.

– Pourquoi vous auriez des ennuis ?

– Elle pense que vous êtes des fugueuses.

– Quand bien même ce serait le cas ?

– C'est vrai, alors ?

Je me sers à mon tour. Je hausse les épaules.

– C'est plus compliqué que cela.

– Explique-moi.

Une nouvelle fois, je regarde l'horloge de mon téléphone. Je dois partir dans cinq minutes, maximum.

Dans un élan qui me surprend moi-même, je pose mes mains sur les avant-bras de David et lui dis tout bas :

– Je n'ai pas le temps, là. Mais promis, je te raconterai tout ce soir. En attendant, je t'assure que nous n'avons rien fait de mal. Au contraire. On *nous* veut du mal. Je ne fais que protéger mes sœurs.

David hoche la tête, et sa réaction me fait chaud au cœur, car il me croit ; si ça ne tenait qu'à lui, de plus amples explications ne seraient pas nécessaires : puisque j'affirme que j'ai de bonnes raisons de faire ce que je fais, il m'accorde sa confiance sans conditions. S'il veut des détails, c'est uniquement pour pouvoir prendre ma défense auprès de ses parents.

Mes mains sont toujours posées sur ses avant-bras ; il ne fait rien pour les retirer. Une vague envahit mon estomac, plus douce et plus chaude que s'il avait cherché à m'embrasser.

– Il y a autre chose dont je voulais te parler.

– Oui ?

– Il faut que je te demande pardon pour hier soir.

– Hier soir ?

– Tu sais bien... Je n'ai pas été très gentille avec toi.

– Tu n'as pas à t'excuser...

– Justement, si. J'y ai réfléchi une bonne partie de la nuit ; ça m'a empêchée de dormir.

– Ce n'est rien, tu étais fatiguée.

David me cherche des excuses. Je sens bien que je l'ai froissé mais qu'il ne veut pas m'en tenir rigueur. Il est si attentionné ; il fait tout pour que je ne me sente pas mal à l'aise et ça me touche d'autant plus. Mais je tiens à aller jusqu'au bout ; je n'en aurai peut-être pas l'occasion, plus tard.

– Il n'y avait pas que cela, dis-je.

Il continue à me regarder droit dans les yeux, mais cette fois, je le fuis, et c'est presque en murmurant que je dis :

– Tout ça, c'était trop d'un coup. Ça m'a effrayée.

– Tout ça, quoi ?

Je pourrais répondre « le voyage, l'emménagement, mes sœurs à gérer, le travail dans les vergers », mais, évidemment, c'est autre chose.

– Toi.

– Moi ?

J'acquiesce en silence, mais on dirait qu'il fait exprès de ne pas comprendre.

– Tu veux dire que... je te pose un problème ?

– Non. Au contraire.

Je ne peux pas être plus explicite. Je n'ai jamais exprimé mes sentiments de façon aussi limpide. Ça frise l'impudeur. Je suis terrifiée. Je me sens nue au milieu d'une foule. Pourvu qu'il ne se moque pas de moi, qu'il me dise qu'il m'aime, lui aussi, qu'il aime être avec moi...

Cette fois, c'est lui qui pose ses mains sur mes avant-bras. D'un côté, je crains de découvrir ce qu'il éprouve pour moi, de l'autre j'ai la conviction que je n'ai rien à craindre de sa part. À aucun moment je n'ai surpris ses yeux en train de descendre furtivement vers mon pied bot, ni ses lèvres en train de lutter contre un rictus de dégoût suscité par cette vision. David me fait presque oublier ce que je suis... Ou au contraire : il me rappelle qui je suis vraiment, au-delà des apparences. J'ai le sentiment qu'auprès de lui, je serais en capacité de me révéler à moi-même, et aux autres.

La douceur du regard de David me laisse penser qu'il ressent la même chose. Sa mère a raison, après tout : il y a « quelque chose » entre son fils et moi. L'idée de devoir partir du Mobile Park m'est d'autant plus douloureuse.

Je consulte mon smartphone : il est l'heure de partir. Je voudrais tant qu'il me dise quelque chose, qu'il fasse le premier pas. Je n'ai jamais embrassé un garçon.

– Je laverai ta tasse. File au travail, dit-il.

Sa réflexion me ramène à une réalité très terre à terre, presque risible. En même temps, j'adore la banalité de ces quelques mots. C'est tout bête, mais… on dirait… J'ose à peine m'avouer cette pensée : on dirait un couple !

J'ai une terrible envie de rester, de ne jamais interrompre ce moment. J'ai tant de choses à lui dire et à entendre de lui, mais je dois partir. L'un et l'autre le savons.

Je quitte le mobile-home avant de me mettre définitivement en retard. J'arrive à Sodaro Orchards juste au moment du départ des camions pour le verger.

La journée me paraît moins longue et moins pénible que celle d'hier. Pourtant, de nouvelles contractures et de nouveaux bleus viennent s'ajouter aux courbatures de la veille. Mais l'image de David m'accompagne et me permet d'encaisser chaque choc, de gravir chaque barreau de cette maudite échelle. Penser à lui me rend triste et plus forte à la fois ; c'est un état étrange dans lequel je ne m'étais jamais trouvée.

Triste parce qu'on risque de ne plus se voir après que nous aurons changé de camping. De toute façon, il sera bientôt parti à San Diego pour ses études, mais pendant quelques semaines, on aurait pu passer du temps ensemble tous les soirs et apprendre à mieux se connaître.

Plus forte parce que je sais, désormais, qu'un garçon peut s'intéresser à moi. Un très beau garçon, en plus, et pas bête. Et gentil. Je n'imaginais pas que ce soit possible, mais le plus exaltant est que je n'avais jamais envisagé que ça puisse me faire un tel effet. Plaire me plaît. Plaire pourrait presque me suffire.

Le sort, dans toute son ironie, m'impose de m'en contenter. Cependant, même si je perds David avant d'avoir pu vivre une histoire avec lui, je garderai en moi cette sensation indescriptible et libératrice. Aimer et être aimée. Pour la première fois de ma vie, je me sens toute-puissante.

15

Malheureusement, je n'aurai pas le loisir d'expliquer à David ce qu'il a représenté pour moi, le changement qu'il a apporté dans ma vie, ce qu'il a bouleversé en moi... Parce que en arrivant en fin d'après-midi au mobile-home, avec quelques courses supplémentaires dont des enveloppes grand format pour envoyer les dessins de Santee et Ray à notre mère, je découvre une voiture de police garée à ma place.

Dès que je sors de la Dodge, David, qui se trouvait sur sa terrasse, se précipite vers moi. Mais un policier l'en empêche. David n'obéit pas tout de suite ; l'homme se fait menaçant, une main sur sa matraque. Il intime l'ordre au jeune Mexicain de reculer. Celui-ci s'exécute et crie à mon intention :

– Je suis désolé, Bearfoot.

Il ne le dit pas, mais je devine à son expression qu'il n'est pas simplement désolé de ce qu'il m'arrive ; il est désolé parce que ce sont ses parents qui nous ont dénoncées à la police. Il a honte et il voudrait s'excuser pour eux, au nom de sa famille.

Notre voisine, Jane, alertée par les cris de David, est sortie de son mobile-home à son tour. Elle a visiblement fumé ou bu, ses propos sont incohérents et son articulation approximative. Elle invective les policiers ; ceux-ci, jugeant qu'elle ne représente pas un danger immédiat, ne prêtent pas davantage attention à elle. Ils lui demandent simplement de baisser d'un ton et de retourner à l'intérieur de son domicile.

En ce qui me concerne, une seule chose compte : Santee et Ray ! Qu'ont-ils fait d'elles ?

Je m'avance vers le mobile-home et avant que j'aie pu mettre un pied sur la première marche, le policier qui tenait David en respect m'interpelle :

– Vous êtes Denisa Esper ?

– Oui. Où sont mes sœurs ?

– Elles vont bien. Veuillez me suivre.

Il me précède à l'intérieur, où m'attendent Ray et Santee, en pleurs, encadrées par deux autres policiers, dont une femme.

– Bearfoot !

Elles bondissent sur leurs pieds et se jettent sur moi. Les policiers les laissent faire, mais la dame en uniforme se lève à son tour et vient vers moi. J'imagine déjà ce qu'elle va me demander : Suis-je majeure ? Non. Suis-je officiellement responsable de mes sœurs ? Non. Suis-je détentrice d'un permis de conduire ? Non. Où sont mes parents ? Je ne peux répondre que de façon partielle à cette question : mon père a disparu ; l'autre partie de la réponse ne plaira pas davantage aux policiers : notre mère est en prison. Je ne me fais guère d'illusions sur la suite des événements.

D'ailleurs, très rapidement, ils décident de nous emmener au poste de police.

Au moment où nous montons dans leur véhicule, David tente une nouvelle fois de s'approcher de moi. Il est stoppé par le même homme en uniforme, mais il le supplie de le laisser me donner le Post-it qu'il tient à la main.

– C'est mon numéro de téléphone, dit-il.

Le policier se tourne vers ses collègues. Ceux-ci haussent les épaules. David est autorisé à me tendre le bout de papier.

J'entends la voisine traiter de nazi le policier qui rabat la portière sur moi.

Une heure plus tard, nous sommes au commissariat de Marysville, dans une salle un peu à l'écart du tumulte des admissions et des dépôts de plainte. Nous sommes seules mais pas enfermées, pas même surveillées.

Les policiers ont été très gentils. Pas du tout des nazis, comme le prétendait Jane. Ils ne se sont pas adressés à nous avec ce ton condescendant et humiliant que nous réservent les hommes du shérif quand nous nous aventurons en dehors de la réserve. Ils nous ont apporté des sandwichs et des sodas. Ray et Santee ont pu prendre avec elles des feuilles et des crayons, et leurs doudous.

On m'a précisé que je n'avais pas besoin d'emporter quoi que ce soit d'autre : nous allons être confiées aux services sociaux du comté de Yuba dès ce soir, et nos affaires suivront. La voiture sera mise en fourrière en attendant de pouvoir être récupérée par un adulte désigné par un juge, si son propriétaire – notre mère donc – la réclame. Je l'imagine mal faire ce genre de démarche depuis son centre pénitentiaire !

Je glisse ma main dans la poche de mon jean. Mes doigts tombent pour la énième fois sur le Post-it de David. C'est tout ce qu'il me reste de lui. Je connais déjà le message par cœur. Des pattes de mouche pour dire l'essentiel : « 701 78 645 588. Insta @davidlopezcalif14. Je suis dé-so-lé. Contacte-moi vite. » Il a souligné « vite », ça m'a émue.

C'est la deuxième fois que quelqu'un me donne ses coordonnées au cours de ce voyage. D'abord Roger et Amy, et maintenant David. Nous aurons croisé de sales types, sur la route. On nous aura même tiré dessus dans le verger à Lyman ; mais nous aurons aussi rencontré de belles personnes : le caissier du One Dollar Market, Roger et Amy, puis Steve et les autres, Kathryn et Ann-Mary un peu plus tard, et enfin David... Sans oublier Max et Longhair, deux super représentants de la race canine.

Les dames des services sociaux du comté, une petite vieille aux cheveux rouges et une jeune très grande avec une jupe courte, sont très bienveillantes, elles aussi, mais je n'arrive pas à leur retourner leurs sourires. J'ai échoué et je sais ce que cela implique : mes sœurs et moi allons être séparées pendant un an, placées dans deux familles différentes. Elles ont beau dire, elles ont beau se vouloir rassurantes, je ne vois pas comment je pourrais présenter notre situation sous un jour favorable à Santee et Ray.

Elles jouent ensemble toutes les deux pour l'instant. Ray n'a pas l'air très inquiète. Santee, par contre, a compris les conséquences de notre arrestation. Elle essaie de rester stoïque et j'admire son comportement. C'est elle désormais qui devra veiller sur Ray.

Les assistantes sociales me répètent ce que les policiers m'ont déjà dit : ma tentative était folle, vouée à l'échec, irresponsable, mais elles ajoutent quelque chose que je ne m'attendais pas à entendre de la bouche d'un adulte :

– Cela dit, ce que tu as fait était aussi très courageux. Santee et Ray ont de la chance d'avoir une grande sœur qui les aime autant. Nous ferons notre possible pour que les services sociaux de Pine Ridge vous trouvent deux familles qui ne soient pas trop éloignées. Ainsi vous pourrez vous voir régulièrement.

Cela me fait d'autant plus enrager : nous avons parcouru tout ce chemin pour rien ! Nous étions arrivées jusqu'en Californie ; nous avions surmonté toutes les difficultés ; j'avais trouvé un logement et un travail... C'est trop bête ! Je m'en veux d'échouer à ce stade. Mais surtout, j'en veux aux parents de David. Je ne cache pas mon ressentiment aux assistantes sociales. Évidemment, elles prennent leur défense :

– M. et Mme López ont bien fait, me répondent-elles. Ils ont agi en pensant à votre bien-être. Tu ne t'en rends pas compte pour l'instant, mais ils t'ont rendu service.

– Je ne vois pas en quoi.

– Cela aurait été trop de responsabilités pour toi, dit l'une. Seule, tu n'aurais pas pu t'en sortir. Ray et Santee en auraient pâti. Les López ont agi pour votre bien à toutes les trois.

– De toute façon, dit l'autre, on aurait fini par vous trouver. Les autorités prennent les disparitions de mineurs très au sérieux. D'ailleurs, le FBI avait déjà lancé un avis de recherche. Ça aurait été une affaire de jours, avant qu'on vous localise.

– Si on m'avait laissé le temps de m'organiser, j'aurais trouvé une solution pour mes sœurs.

– Elles n'auraient pas pu rester seules toute la journée pendant une année entière !

– J'aurais engagé une baby-sitter.

– Une baby-sitter ne remplace pas une institutrice ou des amis. Comment auraient-elles progressé sur le plan scolaire ? Sans parler de l'importance pour elles d'interagir avec des enfants de leur âge. Elles se seraient complètement désocialisées. Cela aurait été très dommageable pour leur développement. Tu ne te rends pas compte des risques psychologiques que cela comportait.

– Et vous, vous ne vous rendez pas compte de ce que va impliquer notre séparation. Nous n'avons pas de père, notre mère est en prison. Mes sœurs n'ont que moi...

– On pourrait aller chez Roger et Amy.

La petite voix à la fois timide et déterminée de Santee vient de claquer. Elle a à peine levé la tête pour lâcher sa mini bombe... C'est pourtant une évidence ! Comment n'y ai-je pas pensé plus tôt ?

Les assistantes sociales lèvent un sourcil interrogateur.

– Roger et Amy ?

– Roger et Amy Lehrer.

J'explique aux assistantes sociales, dans les moindres détails, comment nous avons rencontré le policier à la retraite et son épouse, ce qu'ils ont fait pour nous, l'affection qu'ils nous ont si rapidement manifestée, l'attachement de Ray et Santee pour eux – et le mien, bien entendu –, je parle des vaches de Roger, des pancakes d'Amy, du chien Max...

Les deux collègues m'écoutent sans m'interrompre mais je surprends les coups d'œil qu'elles échangent. Elles croient que j'invente toute cette histoire pour repousser l'inexorable placement.

– Qu'est-ce que vous en dites ?

J'ai conscience d'avoir l'air d'une folle. Les assistantes sociales me dévisagent comme le font les adultes quand les enfants s'exaltent inutilement ou font un énorme caprice.

– Puisque nous n'avons plus de grands-parents, puisque aucun de nos oncles ou tantes n'est considéré comme fiable, est-ce que le statut de tuteurs ne pourrait pas être accordé à Roger et Amy ?

Elles se consultent en silence.

– Ce n'est pas aussi simple. Si une telle solution était envisagée, je dis bien *si*, une enquête approfondie devrait être menée sur ces gens.

– Sans compter qu'il faudrait d'abord qu'ils soient consentants.

– Ils le seront, j'en suis sûre !

– Votre mère, elle aussi, doit y consentir ! précise la plus âgée des deux. Elle ne peut pas réfuter le placement, mais elle pourrait contester l'éloignement qui rendrait vos visites à la prison plus compliquées.

– Je lui parlerai. Elle ne s'y opposera pas.

– Avant toute chose, il faudrait obtenir un avis favorable du juge des affaires familiales, renchérit l'autre. Et ça, ce serait une autre paire de manches !

– Ça dépendra beaucoup de votre rapport, non ?

– Je comprends tes motivations, Denisa, et je suis désolée d'avoir à jouer les rabat-joie, mais la procédure pour devenir officiellement famille d'accueil est beaucoup plus lourde que tu ne le penses. La justice ne place pas des enfants à la légère, sans se livrer à de nombreuses vérifications. Des tas de critères doivent être remplis.

– Mais ça vaut le coup d'essayer, non ?

– Nous allons évoquer cette possibilité dans notre rapport, mais ne te fais pas d'illusions… Ma collègue a raison : il y a très peu de chances qu'un juge accepte une telle solution. Personnellement, en trente ans de carrière, je n'ai vu ce genre de requête aboutir que deux fois.

Elles laissent passer un moment, puis la plus jeune conclut :

– Quoi qu'il en soit, ça prendra du temps. Donc, en attendant, vous serez emmenées dans un foyer à Sacramento dès ce soir.

ÉPILOGUE

C'est le branle-bas de combat dans la maison habituellement si calme des Lehrer. Affolement général à notre étage devant la porte de la salle d'eau ! À tel point que Roger nous propose, à titre exceptionnel, d'utiliser leur salle de bains, au rez-de-chaussée, pour accélérer le rythme des préparatifs. Il en profite pour nous taquiner sur le temps que les filles passent à se pomponner, mais aujourd'hui, personne n'a envie de plaisanter.

Amy s'est postée devant la cuisinière et fait des pancakes à la chaîne, qu'elle empile sur une assiette. Il y a là de quoi nourrir toute une classe.

Je suis la première à descendre. Roger et Amy se doutent que je n'ai pas fermé l'œil de la nuit ; ils sentent ma nervosité depuis hier. Aussi, ils ne me disent rien. Ils savent qu'il faut me laisser tranquille dans ces moments-là. C'est fou la vitesse à laquelle ils ont appris à nous décoder, les unes et les autres. Quelques jours ont suffi pour que s'installent des habitudes de vie entre eux et nous.

Je ressens un mélange de trac et d'excitation. Cela m'a prise dès que j'ai su que j'étais inscrite au lycée de la ville. L'idée d'apprendre l'histoire, la géographie et la littérature me comble de joie. Je sais la chance que cela représente. Mais pour la première fois de ma vie, je vais me retrouver seule *Native American* dans un lycée *normal*, entourée de Blancs et de très rares Noirs et Latinos ! Roger me l'a confirmé encore hier : aucun Indien, et très peu de gens de couleur étudient à Evanston High School. « Uinta est un comté de *Rednecks*[8] ; il n'y a presque pas de diversité raciale », a-t-il ajouté.

C'est au tour de Santee de faire son apparition. Elle fait un *check* à Roger et un *hug* à Amy, c'est devenu son rituel.

– Parée ? lui demande Roger.

– Mmm.

– Ça va bien se passer. Ne t'en fais pas.

– Mmm.

– Beurre de cacahuète ou sirop d'érable sur ton pancake ?

– Les deux.

Amy ne relève pas ; elle a décidé de ne contredire personne. Roger est sur le point de réagir mais son épouse lui fait les gros yeux afin qu'il tienne sa langue pour une fois. Aujourd'hui, jour de rentrée, les filles ont droit à tout ce qu'elles exigent. On leur passe le moindre caprice.

---

8. Littéralement, « nuques rouges ». Terme désignant les Blancs vivant dans les zones rurales et pauvres des États-Unis. Peut se traduire par le mot français *ploucs*.

Le couple de retraités-éleveurs n'a pas hésité une seconde avant d'accepter de devenir famille d'accueil. Quand le commissariat de Yuba City les a appelés pour les informer de notre situation, Roger voulait sauter immédiatement dans son pick-up et venir nous chercher. Mais, comme les assistantes sociales nous l'avaient dit, les choses ont été plus compliquées que cela. Il a fallu de longues semaines avant que le juge accepte que nous nous installions chez les Lehrer.

– Et voilà Ray ! s'exclame Roger.

Ray et le vieux cow-boy sont copains comme cochons. Ils s'adorent. On sent qu'une figure paternelle, ou un grand-père, manquait à notre petite sœur. Cela dit, Santee et moi en avons tout autant besoin qu'elle, même si nous avons appris à faire sans. La différence, c'est que Ray ne s'est pas construite sur cette absence, elle lui pèse encore.

– Des pancakes ! crie-t-elle en courant des genoux de Roger aux bras d'Amy.

Pour mes sœurs, la rentrée est moins stressante. Elles comptent se faire rapidement des copines à l'occasion de fêtes organisées par la paroisse à laquelle Roger et Amy appartiennent. Et puis, surtout, Ray et Santee vont fréquenter la même école, à cinq minutes du ranch en voiture.

Ce qui est rassurant, c'est de savoir où nous serons la semaine prochaine et le mois prochain. La vie au foyer pour mineurs de Sacramento n'était pas horrible, mais nous avons passé une bonne partie de l'été suspendues à la décision du juge, sans savoir s'il autoriserait notre placement chez Roger et Amy, ou au moins dans deux familles proches l'une de l'autre.

Au foyer, nous étions huit par dortoir et nous avions la désagréable impression d'être en prison : pas le droit de sortir, discipline très stricte, obligation de rester en chambre dès 21 heures, extinction des lumières à 22 h 30... Mais Ray, Santee et moi étions ensemble, et c'était déjà beaucoup.

L'autre point positif, c'est que j'ai aussitôt cessé mon travail dans les champs. Je crois bien que je n'aurais pas tenu le coup à Sodaro Orchards.

Nous avons pu *voir* notre mère en visioconférence. Le juge nous avait autorisées à lui rendre visite, mais Rapid City étant à vingt heures de voiture de Sacramento, la direction du foyer a renoncé à l'organisation d'un tel déplacement. « Nous n'avons pas assez de personnel », ont-ils dit. Alors, le juge a mis au point avec l'administration pénitentiaire une série de rendez-vous par Internet, en présence d'une surveillante de la prison, bien évidemment.

Roger et Amy ont promis qu'ils nous emmèneraient à Rapid City depuis Evanston dès que possible.

Lors de la première visioconférence, notre mère n'a cessé de pleurer et de s'excuser :

« Jamais je n'aurais imaginé que je pouvais aller en prison pour si peu, disait-elle, sinon... »

Les pleurs reprenaient de plus belle. Son attitude m'agaçait. Sinon, quoi ? Elle savait très bien que boire et conduire sont deux activités incompatibles, et qu'une arrestation lui pendait au nez. Elle était prévenue ; à plusieurs reprises, elle avait été interpellée et elle avait reçu des avertissements.

Mais j'ai gardé mes réflexions pour moi ; elle était déjà suffisamment désolée, et suffisamment énervée aussi, car elle en voulait à la terre entière : aux policiers, au juge, à l'avocat commis d'office, au gouvernement, aux Blancs, à notre père, au conseil tribal... C'était la faute d'un peu tout le monde, si nous en étions là. Les uns n'avaient pas su nous protéger, les autres s'étaient acharnés sur nous, ou n'avaient pas bougé le petit doigt pour nous aider...

Puis, elle éclatait à nouveau en sanglots en nous demandant pardon. C'était tellement dur pour Ray que l'éducatrice du foyer a écourté la conversation.

Je n'ai pu aborder la question de Roger et Amy que le lendemain, seule en tête à tête avec notre mère. Quand je lui ai dit que le juge allait lui demander si elle acceptait que nous soyons placées chez les Lehrer, dans le Wyoming, elle a refusé tout net.

« Qui sont ces gens ? Pourquoi vous iriez dans le Wyoming ? Chez des Blancs, en plus ! »

En apprenant que Roger était un ancien policier, elle s'est braquée davantage encore. Mais j'ai tenu bon. Sans perdre mon calme, en lui expliquant la situation dans laquelle nous nous trouvions et ce qu'Amy et Roger avaient déjà fait pour nous, j'ai réussi à faire en sorte qu'elle m'écoute.

Elle n'a pas accepté tout de suite, mais avant de raccrocher, elle m'a promis qu'elle prendrait conseil auprès d'un avocat et des services sociaux de la tribu.

Plus tard, lors d'une troisième rencontre à distance, je lui ai montré des photos de la maison qu'Amy et Roger m'avaient envoyées, de nos chambres, de leur domaine… de façon qu'elle visualise le cadre dans lequel nous allions évoluer.

Elle s'est remise à pleurer, mais c'était différent cette fois. Ses larmes coulaient en silence… Comme si elle se résolvait à accepter son sort et que ça la rendait très triste.

« Votre mère culpabilise, m'a ensuite expliqué la psychologue du foyer. Il faut la comprendre : elle est tiraillée entre la raison, qui lui dicte que vous serez mieux ensemble chez des gens comme les Lehrer que séparées, et l'instinct, qui fait qu'elle se sent dépossédée de son rôle de mère. Inconsciemment, elle vit votre placement chez des gens auxquels vous vous êtes attachées comme un rapt, ou un abandon de votre part. Elle le prend pour un désaveu de ce qu'elle est, et ne peut se défaire de l'impression que vous lui préférez des inconnus. Mais ne vous inquiétez pas : quand elle constatera que vous continuez à l'aimer et à lui écrire, quand vous lui aurez rendu visite, elle verra les Lehrer comme des alliés et non pas comme des concurrents.

– De toute façon, rien ne dit que nous pourrons aller habiter chez Roger et Amy. Le juge n'a toujours pas donné son avis. »

Il a fallu attendre tout le mois de juillet et jusqu'à la mi-août avant d'être fixées sur notre sort. Quand j'ai reçu un coup de fil d'une des assistantes sociales m'annonçant que le juge avait donné son feu vert, je l'aurais embrassée !

« Le passé de policier de M. Lehrer a facilité les choses », a-t-elle précisé.

J'accepte de boire le café au lait que me sert Roger, mais je ne parviens pas à avaler quoi que ce soit. Je me pose des milliards de questions : dans quel genre de classe vais-je me trouver ? Est-ce que je vais réussir à m'intégrer ? Les profs seront-ils sympas avec moi ? Mais surtout : est-ce que je vais être au niveau ? Je viens d'un lycée indien sur une réserve indienne, j'ai peur de ne pas être à la hauteur et que ça se voie, qu'on se moque de moi.

Je n'avais pas énormément d'amis au lycée Red Cloud de Pine Ridge, on peut même dire que j'étais solitaire, mais je n'étais pas *anormale*, ou une bête de foire. J'étais... invisible, et cela me convenait parfaitement.

Ici, loin de ma culture, loin des miens, qui suis-je ? Mes sœurs et moi formons-nous, à nous trois, une tribu ? Je sais que ce n'est que temporaire, que nous retrouverons notre mère et notre foyer et notre peuple à la fin de cette année scolaire, mais j'ai le sentiment que la question se pose au-delà de cette expérience particulière... J'ai la conviction que nos vies futures seront déterminées par la réponse que nous apporterons à cette question. Je le sens au plus profond de moi, sans drame mais avec gravité, et avec excitation, car je considère que c'est une chance qui nous est donnée. À notre mère aussi.

– Il est l'heure d'y aller, nous rappelle Roger.

Celui-ci a endossé le rôle de chauffeur de la famille Esper. Il doit d'abord déposer Ray et Santee avant de m'emmener au lycée, qui est un peu plus loin, de l'autre côté de la ville.

Amy a prévu de descendre de voiture avec mes sœurs et de les accompagner à l'intérieur de l'école pour le premier jour. Roger la récupérera sur son trajet de retour.

– Attendez, je dis, on va faire une photo pour maman !

Je pose mon smartphone sur le rebord de la fenêtre, enclenche le retardateur de prise de vue, et file me ranger entre Santee et Ray avant que les dix secondes soient écoulées.

– On l'imprimera ce soir et on la lui enverra par la poste dès demain afin qu'elle la reçoive avant le week-end, propose Amy.

Notre mère n'a pas droit au téléphone portable en prison. Toutes les photos que nous lui faisons parvenir doivent passer par courrier traditionnel. Cela nous oblige aussi à lui écrire des mots qu'elle épingle sur le mur de sa cellule, et non pas des SMS qui disparaissent dans le flot des messages électroniques.

En observant nos visages heureux malgré l'inquiétude de la rentrée scolaire, je suis fière de moi car j'ai atteint l'objectif que je m'étais fixé : que mes sœurs et moi restions unies.

Mais je crois que le succès de cette aventure va bien au-delà. Ray, Santee et moi avons compris que les liens qui nous unissent sont plus forts que tout. Ils se passent même de nos parents, ils existent en dehors de celui qui nous unit à notre mère. Nous nous sommes prouvé mutuellement qu'ensemble, nous pouvons faire front. Mes sœurs ont appris qu'elles pouvaient avoir confiance en moi, et moi en elles, que j'étais là pour elles, et elles pour moi.

Et puis, il se peut que j'aie trouvé un amoureux. La pensée me fait sourire. Peut-être que je me fais des idées, mais peut-être pas ? Qui sait ? En tout cas, il ne se passe pas une heure sans que David m'envoie un SMS. Il m'appelle tous les soirs aussi, et ça dure depuis un mois et demi. Il est si tendre au téléphone, et il me fait rire ! Il me raconte son installation à San Diego et la façon dont il s'habitue à la vie américaine. Il affirme avoir pris cinq kilos depuis qu'il mange sur le campus des portions états-uniennes, lui qui a été élevé dans l'idée qu'on doit finir son assiette.

Il évoque Pine Ridge, aussi, et me dit qu'il a envie de visiter ma réserve et de rencontrer mon peuple. Je suis touchée par l'intérêt qu'il porte à la condition des *Native Americans* pour lesquels je sens qu'il éprouve une sincère empathie, mais cela me met mal à l'aise.

Je n'arrive pas à me l'expliquer. Je devine, chez David, l'envie que je sois plus oglala lakota que je ne le suis déjà. Je crois qu'il voudrait me pousser à proclamer plus fermement mon appartenance à ce peuple, peut-être même à militer pour le respect de nos droits, pour la reconnaissance de notre langue et de nos coutumes... C'est à croire qu'il a endossé notre combat et qu'il attend de moi que je l'embrasse pleinement à mon tour.

Je ne sais quoi en penser. Sans que je comprenne comment, notre aventure a modifié mon rapport à mon indianité ; je n'ai plus besoin de me battre pour revendiquer que je suis oglala. Je n'ai pas non plus de problème avec l'idée d'être pleinement américaine. Ce qui me gêne, c'est quand le fait que je sois *Native American* dérange les autres, les non-Indiens. Il me semble que ce n'est pas moi qui dois changer, c'est le regard des autres sur moi.

Ce que je voudrais, c'est vivre ma vie d'Oglala Lakota là où elle m'emmènera, me marier avec David qui vient du Mexique si c'est ce que nous souhaitons, sans que cela m'éloigne de mes racines et de ma culture, des miens. Des tas d'Américains, d'Européens, d'Africains, d'Asiatiques y parviennent. Je ne demande rien de plus. Je n'ai pas l'intention de mener une bataille pour atteindre cet objectif ; cela devrait m'être acquis naturellement. Mais parce que je suis la fille d'un peuple qu'on a voulu exterminer et que je vis au sein d'un pays qui n'a jamais voulu le reconnaître, des gens comme David voudrait me voir partir en guerre. Je n'ai pas honte des miens, mais je ne veux pas me battre en leur nom pour autant. Je veux vivre *ma* vie, pas celle des autres.

Roger met le contact. Le vieux pick-up rouillé s'ébranle. Je nous revois monter dedans pour la première fois, il y a deux mois. Il faisait si chaud ce jour-là, nous n'avions plus un sou, plus rien à boire, plus rien à manger… Quel chemin parcouru !

Je n'ai toujours pas rendu les cent dollars prêtés par Amy et Roger. Je n'ai pas oublié ma dette, mais je sais que je ne pourrai jamais leur rembourser tout ce que nous leur devons. Je me console en me disant que Ray, Santee et moi leur apportons nous aussi quelque chose. Quelque chose qui leur manquait, peut-être.

Tout ce que nous pouvons faire pour les remercier, c'est les aimer comme des grands-parents d'adoption, pour toujours, même après que notre mère sera rentrée à la maison.

Ce que j'aimerais par-dessus tout, c'est que nous restions ici, et que ce soit elle qui nous rejoigne à Evanston. Qu'elle s'y installe. Qu'elle trouve un travail dans le coin. Qu'on quitte définitivement la réserve. Je suis sûre qu'elle se plairait dans le Wyoming. Je suis sûre que Roger et Amy, avec tous leurs contacts, l'aideraient à faire son trou, à prendre un nouveau départ. Je suis sûre qu'elle arrêterait de boire si elle vivait ici et non plus à Pine Ridge.

Pour l'instant, nous avons elle et nous d'autres préoccupations : plus que trois cent cinq jours avant sa libération ; le pick-up brinquebalant de Roger nous entraîne vers une nouvelle vie, et j'entends bien en profiter pleinement.

NOTE DE L'AUTEUR

Ce roman est librement inspiré d'un atelier d'écriture mené sous l'égide de l'association *Réparer le langage, je peux*, que l'auteur a animé au cours de l'année scolaire 2016-2017 auprès de la classe de 5e SEGPA de Nathalie Quentin, enseignante au collège Clémence Isaure de Toulouse.

Pour en savoir davantage sur le projet et l'association : http://www.reparerlelangage.fr
Contact : reparerlelangage@gmail.com

L'AUTEUR

Benoît Séverac a grandi au pied des Pyrénées et il est devenu toulousain à l'âge de dix-huit ans. Il a été tour à tour guitariste-chanteur, comédien, ouvrier saisonnier agricole, gardien de brebis sur le Larzac, restaurateur de monuments funéraires, vendeur de produits régionaux de luxe, professeur de judo, photographe dans l'armée de l'air, serveur en Angleterre, clarinettiste dans un big band de jazz puis cofondateur d'une fanfare rock-latino-jazz... Il s'est formé à la dégustation de vin en Alsace, est diplômé du *Wine and Spirit Education Trust* de Londres, et il a longtemps enseigné l'anglais à l'école vétérinaire de Toulouse ainsi qu'aux étudiants du Diplôme national d'œnologie de Toulouse.
Il publie des romans noirs et policiers pour les adultes ainsi que pour les adolescents. Certains ont été traduits aux États-Unis ou adaptés au théâtre. Tous ont été primés.
Plus d'informations : https://benoitseverac.com/

DU MÊME AUTEUR

Pour la jeunesse, aux éditions Syros

Silence, coll. « Rat noir », 2011
Prix du Polar Jeunesse francophone de Montigny-lès-Cormeilles, 2012
Prix de littérature jeunesse de Balma, 2012
Prix du salon de littérature jeunesse de Mirande, 2012
Prix de la ville de Loudéac et de la Cidéral, 2013
Prix des lycéens de Sablé-sur-Sarthe, 2013
Prix des collégiens du Territoire de Belfort, 2013
Prix Aficion'ados des Landes, 2013
Sélection officielle du prix des Incorruptibles, 2013, catégorie 3e/2nde
Prix Enlivrez-vous en mai, 2014
Prix E-polar, des lycéens de Saint-Brieuc et Lamballe (22), 2014
Prix Hafed Benotman, grand prix du roman noir collégien, 2015

Le Garçon de l'intérieur, coll. « Rat noir », 2013
Prix des lycéens professionnels du Haut-Rhin, 2014

L'Homme-qui-dessine, hors-série, 2014
Prix Coup de cœur du salon jeunesse de Midi-Pyrénées de Saint-Orens, 2014
Prix Bermond-Boquié des internautes de la BM de Nantes, festival Atlantide, 2016

« Coup double », in *Hammett Détective*, sous la direction de Natalie Beunat, hors-série « Rat noir », 2015

Little Sister, hors-série, 2016

Prix Bloody Fleury des collégiens de la communauté urbaine Caen-Mer, 2017

Prix des lycéens de Rueil-Malmaison, 2017

Prix ados du festival Mauves en noir, 2017

Prix 1001 pages de Lamballe, 2017

Prix Forum Mirose 2017 des Collégiens et Lycéens (librairie Roanne)

Premier prix du jury des collégiens de Villefranche-de-Rouergue, 2017

Prix Imagin'à lire 2016/2017

Une caravane en hiver, hors-série, 2019

Prix Tapage 2020 des médiathèques et établissements scolaires de Rezé-et-Couëron (44)

Le Jour où mon père a disparu, hors-série, 2020

Prix Margot 2021 (festival Un aller-retour dans le noir, Pau)

Pour les adultes

Les Chevelues, éditions 10-18, 2019

Grand Prix littéraire de la ville de Toulouse 2008

Prix de la ville de Saint-Lys 2008

Prix du polar Calibre 47 2009

Rendez-vous au 10 avril, éditions Pocket, 2018
Prix Mémoire d'Oc 2009
Prix de l'Audio-Livre décerné par les bibliothèques sonores, région Sud, 2012
Programmation Marathon des mots de Toulouse, 2010

Arrête tes six magrets, éditions Baleine, 2015

On ne peut pas faire ça à Guy Novès, éditions In8

Trafics, Pocket éditions, 2017

115, éditions La Manufacture de livres, 2017
Prix des lecteurs du festival polar de Cognac 2018
Prix du polar Sud-Ouest / Lire en Poche 2019

Wazhazhe, Hervé Jubert et Benoît Séverac, éditions Le Passage, 2018
Prix des lecteurs des médiathèques de l'hôpital Tenon à Paris, 2019

Tuer le fils, éditions La Manufacture de livres, 2020
Prix Crime de l'année – Lycée Jean Bart de Dunkerque, 2022
Prix Polar du livre pyrénéen de Saint-Lary-Soulan, 2021
Prix des lecteurs CEZAM Aquitaine, 2021

Skiatook Lake, Hervé Jubert et Benoît Séverac, éditions Le Passage, 2021

Le Tableau du peintre juif, éditions La Manufacture de livres, 2022

Ce livre est imprimé sur du papier
issu de forêts gérées durablement.

N° d'éditeur : 118836/10287901
Achevé d'imprimer sur Roto-Page en janvier 2023
par l'Imprimerie Floch à Mayenne
N° d'impression : 101803
Dépôt légal : février 2023
Imprimé en France